Satanée grand-mère !

Anthony Horowitz

Né en 1957, Anthony Horowitz a écrit près d'une trentaine de livres pleins d'humour pour enfants et adolescents. Il a un public passionné autant en France que dans la douzaine de pays où ses histoires policières, fantastiques et d'horreur sont traduites. En Angleterre, son pays d'origine, il est également connu pour ses scénarios de séries télévisées. Les aventures d'*Alex Rider* ont été vendues à plus de treize millions d'exemplaires dans le monde.

Du même auteur :

- Alex Rider (9 tomes)
- L'île du crâne - Tome I
- Maudit Graal - Tome 2
- Le Pouvoir des Cinq (4 tomes)
- Les frères Diamant (4 tomes)
- La Maison de Soie -
  Le nouveau Sherlock Holmes
- Le diable et son valet
- Signé Frédéric K. Bower
- Mortel chassé-croisé
- L'auto-stoppeur
- La photo qui tue
- Nouvelles histoires sanglantes

ANTHONY HOROWITZ

Satanée grand-mère !

Traduit de l'anglais
par Annick Le Goyat

Illustrations :
Benoît Debecker

Prologue

Aéroport de Heathrow

La tempête éclata tôt dans la soirée. Dès sept heures du soir, l'aéroport semblait sur le point de fermer. La pluie avait englouti la piste n° 1, et la piste n° 2 s'était transformée en canal. La moitié des vols était annulée. Les avions tournaient désespérément au-dessus des nuages en attendant l'autorisation d'atterrir. Le vent avait poussé un DC 10 d'Air France jusqu'à Luton. Dans un Jumbo Jet en provenance de Tokyo, soixante-dix-neuf passagers japonais étaient tous tombés malades au même moment. C'était un de ces soirs qu'on n'oublie pas.

À sept heures et demie précises, la Mercedes atteignit l'aéroport et vira sur les chapeaux de roues en éclaboussant deux agents de la circulation, un porteur et un touriste norvégien. Elle fit une embardée en travers de la route, évita de justesse un taxi et fonça dans le parking du terminal 3. La vitre électrique s'abaissa et une main ornée d'une chevalière, où étaient gravées les initiales GW, en jaillit pour saisir le ticket craché par le distributeur de l'entrée. Puis la Mercedes redémarra brutalement et monta les trois rampes comme une flèche, tous pneus hurlant, avant de s'aplatir contre un mur. Trois ou quatre mille livres de carrosserie et de peinture se ratatinèrent contre le ciment. Le moteur hoqueta et se tut. Un filet de fumée s'échappa du capot défoncé.

Les portières s'ouvrirent et trois personnes descendirent. Le conducteur était un homme petit et chauve. Près de lui se tenait une femme en manteau de fourrure et, derrière, un garçon de douze ans.

« Tu m'as dit d'aller me garer au quatrième niveau ! hurla l'homme. Le quatrième niveau !

— Je sais, Gordon..., murmura la femme.

— Ce parking n'a que TROIS niveaux ! gémit l'homme en contemplant la voiture tout aplatie. Regarde ce que tu m'as fait faire !

— Oh, Gordon... », répéta la femme, les lèvres frémissantes. Pendant un instant elle eut l'air terrifié, puis, battant des paupières, elle demanda : « Est-ce vraiment si grave ? »

L'homme la dévisagea, puis il éclata de rire :

« Tu as raison, ça ne fait rien. Rien du tout ! Nous allons abandonner la voiture ici et nous ne la reverrons jamais... ! »

L'homme et la femme se jetèrent dans les bras l'un de l'autre et s'embrassèrent, puis ils prirent leurs bagages que le jeune garçon avait sortis du coffre. Il n'y avait que deux valises, visiblement bouclées à la hâte. Un bout de cravate en soie rose, un coin de pyjama rayé et un bonnet de douche à fronces dépassaient sur les côtés.

« Allons-y ! dit l'homme. En avant... »

À cet instant précis, un éclair zébra le ciel, suivi presque aussitôt d'un coup de tonnerre. L'homme, la femme et le garçon se figèrent dans la pénombre du parking. Un avion passa au-dessus d'eux en vrombissant.

« Oh, Gordon !... gémit la femme.

— Tout va bien, coupa l'homme d'un ton brusque, elle n'est pas là. Inutile de t'arracher les cheveux, mieux vaut les garder. J'aurais dû mettre les miens, moi aussi, au lieu de les ranger bêtement dans la valise.

— Venez vite, il faut aller acheter les billets », intervint le garçon.

Sans attendre ses parents, il se dirigea vers l'ascenseur.

Dix minutes plus tard, la famille prenait son tour

dans la file d'attente devant le guichet de British Airways. Après l'obscurité de la tempête, l'éclairage du hall de l'aéroport semblait surnaturel, exagéré, comme l'écran d'un téléviseur dont on a trop forcé les couleurs. Partout, des gens allaient et venaient, chargés de sacs et de valises. Un policier armé d'une mitraillette patrouillait dans le secteur. Il était le seul à sourire.

« Monsieur ? » s'enquit l'employé du guichet. Âgé d'une vingtaine d'années, les cheveux coupés ras, il avait des yeux las et son nom, OWEN, épinglé sur le revers de sa veste. L'ennui, c'est que l'insigne était à l'envers. La fatigue, sans doute. « Puis-je vous être utile ?

— Certainement, NEMO, répondit l'homme en louchant sur l'insigne de l'employé. Je voudrais trois tickets...

— Trois, monsieur ? » toussota Owen. Il avait rarement vu des passagers aussi nerveux. Ils semblaient tout droit sortis d'un train fantôme de fête foraine. « Quelle destination ?

— L'Amérique, répondit l'homme.

— L'Afrique, dit la femme en même temps.

— L'Australie, riposta le jeune garçon.

— N'importe où ! reprit l'homme. Pourvu que l'avion parte bientôt...

— Et qu'il aille très loin... renchérit la femme.

— Eh bien... c'est que... ce serait plus facile si vous saviez où vous désirez vous rendre... »

L'homme se pencha en avant, le regard farouche et luisant. (Ses deux yeux ne fixaient pas la même direction, ce qui rendait son regard plus farouche encore.) Il portait des vêtements de prix, faits sur mesure, mais Owen devina qu'il s'était habillé à la hâte. Sa cravate était de travers et, plus bizarrement encore, nouée par-dessus le col.

« Je veux juste m'en aller d'ici, siffla l'homme entre ses dents. Avant qu'*ELLE arrive*... »

La femme fondit en larmes et tenta de se cacher le visage dans son manteau de fourrure, tandis que le jeune garçon se mettait à trembler. L'employé consulta la liste des départs sur l'écran de l'ordinateur.

« Que diriez-vous du vol de vingt et une heures pour Perth ?

— En Écosse ? rugit l'homme, si violemment que plusieurs passagers se tournèrent pour le dévisager et que le policier laissa tomber sa mitraillette.

— En Australie, corrigea l'employé.

— Perth... perfait !..., acquiesça l'homme en faisant claquer sa carte Visa sur le guichet. Nous prendrons deux billets en première classe et un billet en classe touriste pour ce garçon... Ouille ! » Sa femme venait de lui décocher un coup de coude derrière la tête. « Bon, d'accord, d'accord, reprit-il en se massant le crâne. Trois première classe.

— Très bien, monsieur, dit Owen en prenant la carte de crédit. M. Gordon Warden ?

— Oui, c'est moi.

— Et le nom de l'enfant ?

— Jordan Warden.

— Jordan Warden, répéta l'employé en tapant le nom sur son clavier. Et madame ?

— Maud N. Warden, répondit-elle.

— Gordon Warden, Jordan Warden, Maud N. Warden. Voilà, c'est fait. »

Il pianota encore sur quelques touches et la machine imprima les trois tickets.

« Enregistrement au guichet 11, embarquement porte 6, monsieur Warden. »

Cinq heures plus tard, le vol 777 de British Airways décollait à destination de Perth, dans l'Ouest de l'Australie. Quand l'avion atteignit le bout de la piste et commença à lever le nez dans la nuit ruisselante, Gordon Warden et sa femme se renversèrent sur leurs sièges de première classe. M. Warden gloussa de rire.

« On a réussi, dit-il d'une voix vibrante. On l'a semée...

— Comment peux-tu être certain qu'elle n'est pas à bord de l'avion ? »

L'homme se redressa d'un bond et héla l'hôtesse : « Mademoiselle ! Apportez-moi un parachute ! » De l'autre côté de l'allée, Jordan se tordait le cou pour observer les passagers dans la cabine bondée et faiblement éclairée. Avaient-ils réussi ? Ou verraient-ils bientôt le terrible visage fripé se tourner vers eux et les fixer d'un regard mauvais ?

L'avion atteignit trente mille pieds et vira vers le sud pour entamer la première partie de son voyage à travers le monde.

Les événements qui avaient débuté neuf mois plus tôt arrivaient enfin à leur épilogue.

1

Bonne-Maman

Neuf mois plus tôt, les Warden offraient toutes les apparences d'une famille riche et heureuse, vivant dans un quartier résidentiel du Nord de Londres.

Leur vaste maison, qui s'appelait Thattlebee Hall, comptait onze chambres à coucher, cinq salons, trois escaliers et un bon kilomètre de couloirs tapissés d'une moquette épaisse. On aurait pu jouer au tennis dans l'une des salles de bains – loisir auquel s'adonnaient parfois M. et Mme Warden, complètement nus, avec un savon en guise de balle. Il était aussi facile de se perdre. C'est d'ailleurs ce qui était arrivé à un employé du gaz venu relever le compteur : il avait erré pendant trois jours avant qu'on le remarque – et encore, c'est parce qu'il avait garé sa camionnette dans le hall.

La famille occupait le corps principal de la demeure. La gouvernante, Mme Jinks, logeait au dernier étage. L'aile ouest abritait les deux domestiques hongrois, Wolfgang et Irma. Il y avait aussi une petite maison au bout du jardin où le jardinier, un très vieil homme du nom de M. Lampy, habitait en compagnie de deux chats et d'une famille entière de taupes qu'il n'avait pas eu le cœur d'éliminer.

Le chef de famille, Gordon Warden, était un homme petit et grassouillet, âgé d'une cinquantaine d'années. Il était, on l'aura compris, extrêmement riche. « Mes costumes sont sur mesure, mon yacht est démesuré, et je bois le champagne comme de la limonade », aimait-il à répéter. Il fumait des cigares de vingt centimètres de long, même s'il arrivait rarement au bout sans être malade. Sa femme, Maud, fumait des cigarettes. À la fin du dîner, il y avait parfois tellement de fumée dans la salle à manger qu'ils avaient du mal à se distinguer l'un l'autre, et lorsqu'ils recevaient, les invités suffoquaient comme des poissons hors de l'eau.

M. et Mme Warden voyaient très peu leur enfant unique. Ce n'étaient pas des gens cruels : leur fils n'avait tout simplement pas sa place dans leur univers. Pour M. Warden, les enfants étaient synonymes de nez morveux, de maladies et de tapage.

16

C'est pourquoi il employait à grands frais une gouvernante, qui supportait ces désagréments à sa place. Pourtant, Gordon Warden se faisait un devoir de passer au moins cinq minutes avec son fils Jordan en rentrant le soir. Il n'oubliait presque jamais son anniversaire et lui adressait un sourire affable s'il lui arrivait de le croiser dans la rue.

M. Warden était un homme d'affaires, mais jamais il ne parlait de ses affaires. À croire qu'elles n'étaient pas très légales... Personne ne savait au juste en quoi elles consistaient, mais certains détails ne trompaient pas. Dès qu'il apercevait un policier dans la rue, M. Warden plongeait à l'abri d'un bosquet, et quand il sortait, c'était presque toujours affublé d'une énorme fausse moustache. Il faut dire que M. Warden adorait le luxe. Outre les costumes sur mesure, il aimait les chemises en soie et les chaussures en peau d'espèces en voie de disparition. Il avait une épingle à cravate en or, une chevalière en or, et trois dents en or dont il était particulièrement fier. Pour preuve de son affection, il les avait léguées à sa femme dans son testament.

Maud Warden ne travaillait pas. Elle n'avait jamais travaillé, pas même à l'école, aussi ne savait-elle ni lire ni écrire. Malgré cela, c'était une excellente joueuse de bridge. Elle y jouait deux fois par semaine, déjeunait en ville trois fois, et montait à cheval les autres jours. Pour se distraire, elle prenait des leçons de piano, des cours de tennis et des cours de trapèze. Parfois, pour divertir son mari, elle jouait un nocturne de Chopin ou une sonate de Beethoven. Mais il préférait de beaucoup la voir revêtir son maillot léopard et virevolter dans les airs, suspendue par les dents à la barre du trapèze accroché au plafond.

Les Warden avaient un seul enfant et se demandaient encore comment ils avaient fait pour l'avoir. Son nom de baptême était Jordan Morgan Warden, mais il préférait qu'on l'appelle Joe.

Joe n'aimait pas ses parents. Il n'aimait pas la maison, le parc, les voitures, les grands dîners, la fumée de tabac. Rien de tout cela. Il avait l'impression d'être né dans une prison, confortable certes, mais une prison quand même. Il passait ses journées à rêver d'évasion. Tantôt il s'imaginait trapéziste dans un crique, tantôt pilote de la Royal Air Force. Il se voyait fuir en Bosnie pour accomplir un travail bénévole, ou bien partir en auto-stop en Écosse pour garder les moutons. Joe voulait connaître la faim, le froid, vivre des aventures et sans cesse frôler le danger, et il était en colère parce qu'il savait que, tant qu'il serait un enfant, tout cela lui resterait étranger.

Cela peut paraître bizarre, mais il arrive que des enfants riches aient une vie moins heureuse que des enfants pauvres. C'était le cas pour Joe.

De taille plutôt petite, il avait des cheveux châtains, un visage rond, et des yeux bruns qui s'adoucissaient et viraient presque au bleu lorsqu'il rêvait tout éveillé. Joe avait très peu d'amis et tous étaient comme lui, cloîtrés dans d'immenses maisons avec de grands jardins. Seuls Mme Jinks, la gouvernante, et M. Lampy, le jardinier, lui étaient vraiment proches. Souvent Joe allait au fond du parc s'asseoir dans la vieille remise, où flottait une étrange odeur de gin. C'est là que vivaient les deux chats et la famille de taupes.

« La semaine prochaine, je m'en vais, déclarait Joe. Cette fois, ça y est. Je pars à la Légion Étrangère. Tu crois qu'ils acceptent les garçons de douze ans ?

— Moi, jamais j'irais à la Légion Étrangère, monsieur Jordan, répondait le vieux jardinier. Il y a trop d'étrangers pour moi.

— Ne m'appelle pas monsieur Jordan ! Mon nom est Joe.

— C'est vrai, monsieur Jordan. C'est bien votre nom. »

Ainsi s'écoulait la vie à Thattlebee Hall. Mais la famille Warden comptait un autre membre qui, sans habiter sous le même toit, n'était jamais très loin. Tout, absolument tout, se métamorphosait dès qu'ELLE apparaissait. Le seul bruit de ses pas suffisait à déclencher une réaction en chaîne. *Scronch...*

scronch... scronch. Soudain le soleil semblait disparaître et des ombres s'étiraient comme un tapis qu'on aurait déroulé pour l'accueillir.

Bonne-Maman.

Bonne-Maman arrivait toujours en taxi et ne donnait jamais de pourboire au chauffeur. Elle était petite et paraissait rapetisser un peu plus chaque année. Elle avait des cheveux argentés et raides qui, de loin, faisaient bon effet mais de près laissaient entrevoir la surface rose de son crâne. Même par temps chaud, elle portait des vêtements épais et lourds, aussi épais et lourds que ses lunettes, composées de deux énormes verres de nature différente, cerclés d'une monture dorée. Une fois, pour s'amuser, Joe avait voulu les essayer. Deux semaines plus tard, il se cognait encore dans les meubles.

Le véritable nom de Bonne-Maman (qui était la mère de Mme Warden) était Ivy Marmit, mais personne ne l'appelait plus ainsi. Depuis son soixante-dixième anniversaire, on la nommait simplement Bonne-Maman. Non pas Mamie, ni Grand-mère. Bonne-Maman.

À une époque, Joe avait aimé Bonne-Maman et attendu ses visites avec impatience. Elle paraissait lui porter un intérêt sincère (plus que ses parents), elle lui souriait, lui faisait des clins d'œil complices. Souvent elle lui donnait des bonbons et des pièces de cinquante pence. Mais, avec le temps, Joe s'était aperçu de certaines choses qu'il n'avait pas remarquées jusque-là.

D'abord, des détails physiques : les cavités très profondes dans ses poignets, où les veines saillaient ; les varices sur ses jambes ; la moustache au-dessus de sa lèvre supérieure et l'énorme grain de beauté qui pointait sur son menton. Bonne-Maman n'avait aucun goût vestimentaire. Par exemple, elle portait le même manteau depuis vingt-sept ans – sans compter qu'elle l'avait peut-être acheté d'occasion. Bonne-Maman était terriblement avare, plus encore pour elle-même que pour les autres. Jamais elle ne s'offrait de nouveaux habits. Jamais elle n'allait au cinéma. Elle préférait, disait-elle, attendre de voir les films en DVD. Mais elle était bien trop radin pour acheter un lecteur. Jamais elle ne nourrissait son chat : le pauvre Mouche était si maigre qu'un jour il se fit attaquer par une perruche et disparut de la circulation. Quant à l'argent et aux bonbons qu'elle donnait à Joe, c'était en réalité Mme Warden qui les lui glissait en cachette à son arrivée, dans le but de lui gagner l'affection de Joe.

Et puis il y avait sa façon de se tenir à table. C'était triste à dire, mais les manières de Bonne-Maman auraient dégoûté un cannibale. Elle avait une grande bouche, garnie des dents les plus jaunes qu'on eût jamais vues. C'étaient des chicots, irréguliers, plantés de travers, qui branlaient dans les gencives lorsqu'elle riait. Mais quel travail phénoménal accomplissaient ces horribles dents ! En effet, Bonne-Maman mangeait à une vitesse impressionnante. Elle enfournait la nourriture, la lubrifiait avec une gorgée d'eau et avalait le tout avec un petit bruit de succion, ponctué d'un hoquet final. À table, Bonne-Maman faisait penser à une bétonnière sur un chantier de travaux publics... Spectacle à la fois fascinant et répugnant.

Elle avait une autre manie : elle volait l'argenterie. Après un déjeuner avec Bonne-Maman, M. Warden exigeait toujours que l'on compte les petites cuillers. Wolfgang et Irma passaient des heures dans l'office à faire l'inventaire de la ménagère et à dresser la liste des pièces à remplacer. Quand Bonne-Maman quittait la maison, vers quatre heures et demie, son manteau vieux de vingt-sept ans était nettement plus volumineux qu'à son arrivée, et lorsqu'elle se penchait pour embrasser Joe, il entendait d'étranges cliquetis. Un jour, Mme Warden étreignit sa mère avec trop d'enthousiasme et s'empala sur un couteau à dessert. Après cet incident, M. Warden fit installer un détecteur de métal à la porte d'entrée, qui s'avéra très efficace.

Pourtant, jamais personne ne faisait allusion aux travers de Bonne-Maman. Ni dans la famille, ni avec des personnes extérieures. M. Warden ne se montrait jamais impoli à l'égard de sa belle-mère et

Mme Warden prenait toujours plaisir à la voir. Tout le monde se comportait comme si tout était normal.

Cela intriguait de plus en plus Joe, qui en venait à s'interroger sur ses sentiments à l'égard de Bonne-Maman. Il supposait qu'il l'aimait. Est-ce que tous les enfants n'aiment pas leurs grands-parents ? Mais *pourquoi* l'aimait-il ? Un jour, il aborda la question avec Mme Jinks.

« Est-ce que vous aimez Bonne-Maman, madame Jinks ?

— Bien sûr, répondit la gouvernante.

— Mais pourquoi ? Elle est ridée, elle a des dents affreuses et elle vole les couverts en argent.

— Ce n'est pas sa faute, expliqua Mme Jinks. Elle est vieille.

— Oui, mais...

— Il n'y a pas de "mais", le coupa Mme Jinks en le gratifiant d'un de ses regards sévères qui laissaient présager soit une cuiller d'huile de foie de morue, soit un bain chaud. Rappelle-toi toujours ceci, Joe. Les vieilles personnes sont fragiles. Tu dois les traiter avec respect et ne jamais te moquer d'elles. Ne l'oublie pas. Toi aussi, un jour, tu seras vieux... »

2

Bons baisers de Bonne-Maman

Les doutes éprouvés par Joe au sujet de Bonne-Maman allaient se transformer en terribles certitudes, lors du Noël de ses douze ans.

À Thattlebee Hall, Noël était un moment spécial. Spécialement désagréable, pour tout dire. La famille se réunissait au grand complet et Joe se retrouvait entouré de tantes, d'oncles, de cousins, germains ou éloignés, dont aucun ne lui était particulièrement sympathique. Il n'était d'ailleurs pas le seul dans ce cas, puisque personne ne semblait s'aimer beaucoup et que tout le monde passait la journée à se disputer. Lors d'un Noël précédent, ils avaient même eu droit à une bagarre, et tante Nita avait cassé le nez d'oncle David. Depuis, chacun se préparait à sa manière, et chaque fois que quelqu'un arrivait, le détecteur de métaux sonnait frénétiquement : il fallait confisquer couteaux, barres à mine et coups-de-poing américains dissimulés sous les manteaux.

Joe avait quatre cousins un peu plus âgés que lui, tous gros et rouquins, couverts de taches de rousseur, avec des jambes roses comme des saucisses, boudinées dans des shorts trop serrés. Bien entendu, ils étaient terriblement gâtés et traitaient Joe avec grossièreté. Aussi Joe ne les aimait pas. En fait, il craignait surtout de finir comme eux sous l'influence néfaste de ses parents. Pour Joe, ses quatre cousins étaient le reflet cauchemardesque que lui renvoyait un miroir déformant.

La vedette de Noël était Bonne-Maman. En sa qualité de chef de famille, elle débarquait de bonne heure la veille, pour passer la nuit à Thattlebee Hall. La maison tout entière se préparait pour son arrivée.

D'abord, on poussait le chauffage central à plein régime. À tel point que, dès onze heures du matin, les plantes vertes rendaient l'âme tandis que les fenêtres se couvraient d'une épaisse couche de buée qui occultait le monde extérieur. Ensuite, on installait le fauteuil préféré de Bonne-Maman à sa place préférée, et on le garnissait de trois coussins : un pour le dos, un pour la nuque, un pour les jambes.

À côté, sur une petite table, on disposait un plateau garni de chocolats sélectionnés avec soin. On sortait d'un placard une grande photo de Bonne-Maman dans un cadre doré, que l'on plaçait sur la cheminée. Le même cérémonial se répétait depuis douze ans. Mais, cette année-là, l'attention de Joe fut attirée par certains faits troublants.

D'abord, Irma et Wolfgang étaient de mauvaise humeur. Au petit déjeuner, Irma avait fait brûler les tartines, et pendant toute la matinée Wolfgang avait boudé et ronchonné en hongrois – une langue portée par nature aux sonorités ronchonnes. Quant aux parents de Joe, ils étaient eux aussi très irritables. Mme Warden se mordait les doigts et M. Warden mordait Mme Warden. À midi, ils avaient avalé une bouteille de whisky, verre compris.

Joe les avait déjà vus se comporter ainsi... Lors des visites de Bonne-Maman... Mais c'était la première fois qu'il se demandait pourquoi : est-ce *parce que* Bonne-Maman venait ? *parce qu'*ils ne désiraient pas la voir ?

Il était sept heures du soir lorsqu'elle fit enfin son apparition. Comme elle avait annoncé son arrivée pour le déjeuner, Wolfgang attendait sagement depuis midi sur le perron. Quand le taxi s'arrêta devant la porte, l'infortuné maître d'hôtel était recouvert de neige : seule sa tête émergeait encore, et il était trop frigorifié pour pouvoir annoncer la visiteuse. Ça commençait mal.

« Ça fait au moins dix minutes que j'attends dehors ! » maugréa Bonne-Maman lorsque Mme Warden lui ouvrit la porte au bout de deux minutes à peine. « Vraiment, ma chérie ! Tu sais pourtant que ce temps ne me vaut rien ! Je vais devoir aller me coucher tout de suite. Et pourtant, Dieu sait qu'il m'est impossible de dormir dans cette maison ! Il y fait bien trop froid.

— Voyons, Wolfgang, à quoi rêviez-vous donc ? » soupira Mme Warden en contemplant le front et le nez bleuis du fidèle domestique hongrois. C'étaient les seules parties de son corps que l'on distinguait.

Bonne-Maman entra dans la maison, abandonnant son bagage dans l'allée à l'endroit où le chauffeur de taxi l'avait déposé.

« Un petit cognac ? suggéra Mme Warden.

— Un grand. »

Plantée au milieu de l'entrée, Bonne-Maman attendait que l'on vienne l'aider à retirer son manteau, et déjà elle examinait tout d'un œil acerbe. M. Warden avait récemment acheté un nouveau Picasso dont il était très fier. Elle aperçut le tableau accroché près de la porte.

« Ça ne me plaît guère, déclara-t-elle. Il y a beaucoup trop de traits et ça jure avec le papier peint.

— Mais, maman, c'est un Picasso !

— Un piano ? Tu te moques de moi ! Ça ne ressemble pas du tout à un piano ! »

Bonne-Maman était dure d'oreille quand ça lui chantait. À d'autres moments, elle était capable d'entendre tomber une épingle à un kilomètre. Elle se dirigea vers le salon, puis s'arrêta net, le doigt pointé en avant :

« Par contre, celui-là, je le trouve très joli ! Très original. Et quelle couleur ravissante !

— Mais, maman... ce n'est pas un tableau, c'est une tache d'humidité. »

Joe avait observé la scène depuis le palier du premier étage. Mais en entendant Mme Jinks ouvrir une porte derrière lui, il comprit qu'il devait se montrer et descendit rapidement les marches.

« Bonjour, James ! roucoula Bonne-Maman. Tu as grossi, on dirait !

— Mon nom est Joe, pas James, corrigea Joe, très chatouilleux pour ce qui concernait son nom et son poids.

— Pas Joe, intervint Mme Warden. Jordan. Vraiment, Jordan, Joe est un prénom tellement commun !

— Jordan ? C'est ce que j'ai dit, non ? s'exclama Bonne-Maman. Comme tu as grandi, Jordan ! Quel grand garçon ! »

Sur ces mots, Bonne-Maman prit sa fameuse posture « en extension ».

Joe frémit. L'extension était le terme qu'il utilisait pour décrire le mouvement spécial exécuté par sa grand-mère et qu'il redoutait par-dessus tout.

Elle prenait cette position lorsqu'elle voulait qu'on l'embrasse. Les jambes écartées, elle se penchait légèrement en avant, bras ouverts, comme si elle attendait que Joe lui saute sur les genoux, et peut-être même sur les épaules. Bien entendu, si Joe avait fait ça, Bonne-Maman se serait brisée en mille morceaux, car à quatre-vingt-dix ans, on a les os fragiles. Accompagnant la posture « en extension », tombaient ces mots terribles : « Tu n'embrasses pas ta Bonne-Maman ? »

Joe déglutit péniblement. Il avait conscience du regard de sa mère sur lui, mais il avait horreur de faire ce que les bonnes manières l'obligeaient de faire.

Embrasser Bonne-Maman n'avait rien d'une expérience agréable. D'abord, il y avait l'odeur. Comme beaucoup de vieilles dames, Bonne-Maman utilisait un parfum très coûteux, très sucré, qui sentait le renfermé et vous soulevait le cœur dès que vous approchiez un peu trop près. Ses flacons de parfum ne portaient pas d'étiquette, mais celui-là aurait pu s'appeler « Mouton en décomposition ». Ensuite, il y avait le maquillage. Bonne-Maman se fardait énormément. Elle en avait parfois une couche si épaisse que l'on aurait pu y tracer un dessin avec l'ongle. Le plus redoutable était son rouge à lèvres, d'un rouge sang éclatant. Malgré ses efforts pour esquiver les baisers, Joe sortait toujours de l'épreuve avec, sur sa joue, l'empreinte luisante de la bouche de Bonne-Maman. Personne ne connaissait la marque du rouge à lèvres, mais Mme Jinks n'en venait à bout qu'avec un tampon à récurer.

Il y avait encore pire : la peau de Bonne-Maman. Non seulement elle insistait pour embrasser son petit-fils, mais en plus elle exigeait qu'il l'embrasse, et sa peau était flasque comme un ballon crevé. Le contact était indescriptible ! En l'embrassant, Joe sentait la peau claquer comme un drapeau entre ses lèvres. Une nuit, il s'était réveillé en hurlant. Dans son cauchemar, il s'était vu embrasser Bonne-Maman avec trop d'enthousiasme et l'avaler tout entière.

Smack ! Bonne-Maman embrassa Joe.

Smurrrflac ! Joe embrassa Bonne-Maman.

Alors, avec un sourire satisfait, elle poursuivit son chemin vers le salon. Dehors, Irma versa de l'eau chaude sur Wolfgang pour le dégeler, afin qu'il puisse porter les valises. Quant à M. Warden, il restait invisible. Cette manie qu'il avait de ne jamais être présent à l'arrivée de sa belle-mère avait toujours surpris Joe. Jusqu'au jour où il l'avait décou-

31

vert tapi dans le piano à queue. C'est là qu'il s'était à nouveau réfugié. On le devinait à la fumée de cigare qui s'échappait du clavier.

Bonne-Maman s'assit dans le fauteuil préparé à son intention, un de ces antiques fauteuils à oreillettes sur lequel elle avait jeté son dévolu, alors que ses pieds ne touchaient pas terre, ce qui avait pour effet de retrousser sa jupe. Bien sûr, il n'était pas question de s'appesantir sur cette vision, mais le regard s'égarait malgré lui sur les genoux protubérants et emmaillotés dans des sortes de bandes chirurgicales, puis vers la chair jaunâtre des cuisses. On en restait là et c'était amplement suffisant. Les jambes de Bonne-Maman semblaient sorties d'un film d'horreur.

Mme Warden servit un grand verre de cognac, que Bonne-Maman avala cul-sec.

« Où est Gordon ? questionna-t-elle en jetant un regard soupçonneux vers le piano.

— Je... je ne sais pas, se troubla Mme Warden.

— Moi, je le *vois,* Maud chérie. Je ne suis pas aveugle, tu sais... »

M. Warden se résigna à quitter sa cachette. En sortant du piano, il se cogna la tête contre l'abattant qui résonna avec un son de basse.

« Je l'accordais, tenta-t-il de se justifier.

— Je prendrais volontiers un autre cognac,

Maud, dit Bonne-Maman. Mais je préférerais autre chose que cet alcool de cuisine.

— Mon cognac, de l'alcool de cuisine ! explosa M. Warden. C'est du Rémy Martin, de chez Harrods.

— Je veux bien croire que les Arabes en raffolent, répondit Bonne-Maman, qui avait mal entendu ou faisait semblant de mal entendre. Moi, il me brûle la gorge. »

Cette nuit-là, personne ne dormit. Bonne-Maman était une ronfleuse redoutable. Pendant le dîner, elle s'était plainte d'une mauvaise digestion et de maux d'estomac consécutifs à son attente dans le froid. Du coup, elle n'avait mangé que trois portions de ragoût d'agneau, deux parts de mousse au citron et bu une demi-bouteille de vin. Après quoi elle avait trottiné jusqu'à son lit. Dix minutes plus tard, ses ronflements résonnaient dans toute la maison. Même dans les coins les plus reculés de la vaste demeure, on ne pouvait y échapper. Joe se mit la tête sous cinq oreillers, et Mme Warden finit par s'endormir après s'être fourré une bougie de cire dans chaque oreille. Quant à M. Warden, il ne dormit pas du tout. Le lendemain matin, il avait d'énormes valises sous les yeux, et des valises encore plus grandes qu'il remplissait fébrilement. Il fallut à Mme Warden une bonne demi-heure et des torrents de larmes pour le convaincre de ne pas déménager à l'hôtel.

C'était Noël. La neige scintillait dans le jardin et les cloches de l'église carillonnaient. Le Père Noël était passé, l'odeur de la dinde se répandait dans la maison, et tout le monde était de bonne humeur. Même l'arrivée de la famille et l'accident que provoqua oncle Michael avec sa Volvo, en reculant malencontreusement dans la Rover d'oncle Kurt, ne gâchèrent pas l'ambiance. La coutume voulait que l'on attende tout le monde avant d'ouvrir les cadeaux. La famille au grand complet se rassembla donc autour du sapin. Wolfgang, Irma et Mme Jinks les rejoignirent. M. Warden servit du champagne et du jus d'orange. Du champagne pour lui et sa femme, du jus d'orange pour les autres. C'était la fête. Même Bonne-Maman souriait lorsqu'elle sortit d'un pas chancelant de la salle du petit déjeuner pour gagner son fauteuil préféré.

Joe se retrouva assis entre son oncle David et l'un de ses cousins. Il y avait une quinzaine de personnes dans la pièce, mais il ne voyait que Bonne-Maman. Elle était assise à sa place habituelle, souriante, les jambes ballantes. Et pourtant, il ne pouvait s'empêcher de l'observer. Était-ce un tour de son imagination, ou bien y avait-il réellement quelque chose d'étrange dans son sourire ? On aurait dit qu'elle s'amusait d'une plaisanterie secrète. Joe avait d'abord cru qu'elle regardait par la fenêtre, mais il s'aperçut que ses yeux étaient fixés sur lui. Par instants, ses lèvres frémissaient, et lorsque commença la distribution des cadeaux, elle laissa échapper un petit gloussement de rire.

« C'est pour toi, Jordan », dit le père de Joe en lui tendant un cadeau qu'il avait pêché sous l'arbre.

Joe déplia la carte attachée au paquet et reconnut aussitôt l'écriture haute et fine comme des pattes d'araignée de Bonne-Maman.

POUR JORDAN. BONS BAISERS DE BONNE-MAMAN.

Il y avait bien d'autres cadeaux pour Joe, mais c'est celui-là qu'il attendait avec le plus d'impatience. Tout à coup, la honte le saisit. Un moment plus tôt, il regardait sa grand-mère comme... comme quoi ? Une sorte de monstre ! Mais il se trompait. Bonne-Maman était simplement une gentille vieille dame entourée de sa famille, qui se réjouissait de cette journée et qui aimait son petit-fils. La preuve de son affection se trouvait entre ses mains.

Joe était passionné de science-fiction. Il avait vu trois fois *La Guerre des Étoiles,* et ses étagères étaient encombrées de dizaines de livres sur les extraterrestres et les voyages dans l'espace. Mais par-dessus tout, il aimait les robots : c'est ce qu'il avait demandé pour Noël à Bonne-Maman lorsqu'elle lui avait posé la question. Joe en avait remarqué un dans une boutique de Hamley : il mesurait environ cinquante centimètres de haut et était équipé des plus récentes trouvailles électroniques japonaises. Il fallait le monter soi-même, et c'était ça le plus passionnant. Une fois terminé, on avait un robot qui pouvait marcher, parler, soulever et porter des choses, tout cela par téléguidage.

Et voilà que le robot de ses rêves était devant lui. Joe reconnut d'emblée le papier cadeau de Bonne-Maman. En réalité, c'était un papier destiné aux cadeaux de mariage : pour Bonne-Maman il n'y avait pas de petites économies. La boîte était grande et rectangulaire, juste de la bonne taille. Joe déchira le papier et tâta le carton sous ses doigts. Enfin il ouvrit la boîte... Et son cœur se serra.

C'était de ces jouets que l'on offre aux enfants de deux ans. Un robot en plastique multicolore, avec une tête peinte à l'air stupide et le nom écrit en grosses lettres sur le torse : HANK. Quant au téléguidage, il se réduisait à une simple clef fichée dans le dos. Quand on remontait la clef, le jouet vacillait quelques pas avant de s'écrouler en tournant sur lui-même et en agitant inutilement les jambes. Soudain, Joe s'aperçut que tout le monde l'observait : ses tantes, ses oncles, Irma, Wolfgang, Mme Jinks. Et ses quatre cousins ricanaient. Tous pensaient la même chose.

Un jouet de bébé ! Et quel bébé !

« Ça te plaît, mon chéri ? »

La voix de Bonne-Maman lui fit lever la tête.

Alors Joe comprit. Il y avait sur son visage une expression qu'il ne lui connaissait pas, mais qu'il ne pourrait plus jamais oublier. Désormais, il la verrait toujours avec cet air-là. C'était comme ces illusions d'optique, ces gadgets visuels que l'on trouve parfois dans les paquets de céréales. On regarde l'image d'une certaine manière, puis, tout à coup, on remarque quelque chose de différent et on ne peut plus la voir comme avant.

Joe ne s'était pas trompé.

Bonne-Maman l'avait fait exprès.

Elle savait exactement ce que Joe désirait et elle avait délibérément choisi ce jouet de bébé pour l'humilier devant toute la famille. Bien entendu, sa mère dirait que Bonne-Maman avait cru bien faire et n'avait pas compris ce qu'il voulait. Joe devrait écrire une petite lettre de remerciement, dont chaque mot lui coûterait un effort douloureux. Mais en cet instant, il lui suffisait de regarder Bonne-Maman pour connaître la vérité. Il la devinait dans la lueur sournoise de ses yeux, dans le coin relevé de ses lèvres. Et cette conscience de la vérité était si forte, si atroce, que Joe en frissonna.

Bonne-Maman était diabolique. Pour des raisons qu'il ignorait encore, elle le détestait et s'acharnait à le blesser par tous les moyens.

Joe tremblait intérieurement. Personne d'autre ne soupçonnait la vérité, il était le seul à avoir percé à jour le secret de Bonne-Maman. Pourtant ce n'était pas cela qui l'effrayait.

Ce qui l'effrayait, c'était que Bonne-Maman savait qu'il savait. Et visiblement elle s'en moquait.

Elle devait penser que personne ne le croirait. Ou pire encore... Il l'observa, toute voûtée dans son grand fauteuil, sous les illuminations de Noël, avec ses yeux qui glissaient lentement de droite à gauche, et Joe comprit qu'elle mijotait quelque chose. Quelque chose qui le concernait, lui.

3

Goûter chez Bonne-Maman

Quelques semaines plus tard, Bonne-Maman invita Joe à goûter. Elle lançait traditionnellement cette invitation vers la fin des vacances, mais, bizarrement, ni M. Warden ni Mme Warden n'étaient jamais disponibles. M. Warden travaillait et Mme Warden, qui prenait désormais des leçons de cuisine chinoise, travaillait. Il incomba donc à Mme Jinks de conduire Joe chez sa grand-mère.

Avant, il aurait été content de la voir. Plus maintenant. Maintenant il savait, et le seul fait de penser à Bonne-Maman le remplissait de terreur.

« Je ne veux pas y aller, madame Jinks, déclara-t-il au moment où elle montait dans la voiture.

— Mais pourquoi, Jordan ? Tu sais combien ta grand-mère a hâte de te voir. »

« Comme un renard a hâte de voir des poulets », songea Joe.

« Je ne l'aime pas, avoua-t-il.

— C'est très cruel de dire ça, Jordan.

— C'est elle qui est cruelle.

— Ça suffit, maintenant, Jordan ! se fâcha Mme Jinks. Je suppose que tu penses encore à ce cadeau de Noël ? C'était un malentendu, rien de plus. »

Joe avait mis le feu au « malentendu ». Il l'avait emporté au fond du jardin, arrosé d'essence à briquet, et enflammé avec une allumette. Puis, avec M. Lampy, il l'avait regardé fondre, se boursoufler, les couleurs se mélanger les unes aux autres. L'espace d'un instant, le robot en plastique avait pris la forme d'une créature étrange, puis il s'était racorni en un petit tas noir et visqueux.

Le vieux jardinier avait secoué la tête.

« Vous n'auriez pas dû faire ça, monsieur Jordan.

— Pourquoi ?

— On aurait pu le donner à une œuvre de charité ou à un hôpital. Je suis sûr que ça aurait fait plaisir à quelqu'un. »

Joe avait été pris de remords, mais il était trop tard. Le robot avait disparu.

Bonne-Maman habitait un appartement dans un grand immeuble moderne appelé Résidence Wisteria. C'était ce que les agents immobiliers appellent une « Construction à Usage Déterminé », même si personne ne sait de quel usage il s'agit. Peut-être, tout simplement, s'agissait-il de loger des personnes âgées, car aucun résident n'avait moins de soixante-dix ans ! Dans la Résidence Wisteria, tout se déroulait au ralenti. L'ascenseur, par exemple, se déplaçait si lentement qu'on ne le sentait pas bouger. Un jour il était tombé en panne, mais il avait fallu trois quarts d'heure à M. et Mme Warden, bloqués à l'intérieur, pour comprendre ce qui se passait.

Bonne-Maman habitait au sixième étage, avec vue sur un petit champ et le périphérique nord. Aupa-ravant elle vivait dans une confortable maison sur une avenue bordée d'arbres, mais l'entretien deve-nant trop pénible pour elle, Mme Warden l'avait ins-tallée ici. C'était un appartement très agréable, avec des doubles rideaux en soie, des tapis épais, des meubles et des chandeliers anciens. Pourtant, quand on abordait le sujet, Bonne-Maman haussait les épaules avec un soupir. « Il faut bien que je m'y habitue. Je n'ai pas le choix. Oh, mon Dieu, mon Dieu !... » Et elle s'apitoyait tant sur son propre sort que l'on oubliait que des milliers de personnes âgées, condamnées à vivre dans des logements minuscules, sans chauffage ni confort, auraient donné leur bras droit pour habiter à sa place.

« Bonjour, Jack. Comme je suis contente de te voir ! Entre, entre. Mets-toi à l'aise. »

Des ondes de chaleur intense vibraient dans l'air. Joe entra avec réticence, doucement poussé par Mme Jinks. Le chauffage central fonctionnait à plein régime. Le cactus de quinze centimètres de haut, que M. Warden avait rapporté d'un voyage d'affaires au Sahara, s'était tellement plu dans le logement surchauffé qu'il mesurait maintenant trois mètres vingt et envahissait la pièce de ses fleurs brillantes et de ses épines meurtrières.

« Entrez, madame Jinks, dit Bonne-Maman. Quel chapeau original !

— Je ne porte pas de chapeau, madame Marmit.

— Alors, à votre place, je changerais de coiffeur. »

Bonne-Maman avança et se pencha vers Joe pour lui tapoter la joue d'un doigt noueux.

« Et toi, mon chéri, comment vas-tu ? Peau lisse. Joli teint. Beaucoup de vitamines ? demanda-t-elle avec un clin d'œil à l'adresse de Mme Jinks.

— Oui, beaucoup de vitamines », acquiesça la gouvernante.

Il était visible que la remarque désobligeante de Bonne-Maman sur sa coiffure l'avait vexée.

« Et comment sont ses enzymes ? questionna Bonne-Maman.

— Ses quoi ?

— Ses enzymes, voyons ! Sont-ils en pleine forme ? Et son cytoplasme ?

— Je suis désolée, madame Marmit, dit Mme Jinks en secouant la tête, mais je ne vois pas de quoi vous parlez. »

Bonne-Maman émit un grognement, puis elle dit : « Allons, entrez », en agitant l'index.

La table était déjà dressée. Joe s'assit à côté de Mme Jinks et jeta un rapide coup d'œil sur les plats disposés devant lui. Toujours le même menu. Incroyable ! Comment était-il possible de préparer un goûter aussi répugnant ?

D'abord, il y avait des sandwiches aux œufs mayonnaise, dont les œufs étaient tellement cuits que le jaune avait pris une teinte verdâtre, et tellement salés qu'on en avait les larmes aux yeux. Ensuite, un hareng cru, luisant, mariné dans une sorte de vinaigre particulièrement acide. Quant aux gâteaux « maison » de Bonne-Maman, ils étaient secs, compacts, insipides, et vous collaient au palais et à la langue. Même les « biscuits au chocolat » étaient infects : ronds, incolores, inodores, sans chocolat ni crème, mais décorés avec des miettes d'amandes et des morceaux de cerises confites qui se coinçaient entre les dents.

Pourtant il y avait pire : le fromage blanc double crème « spécial » de Bonne-Maman. Sa seule vue donnait à Joe la nausée. Le double crème « spécial » de Bonne-Maman se composait en tout et pour tout d'un seul ingrédient : du lait caillé. Et Joe était obligé d'avaler le bol entier.

Son éducation lui interdisait de refuser. Partant du principe que la nourriture coûtait cher et que c'était lui qui payait, M. Warden exigeait que son fils ne quitte la table qu'après avoir mangé tout ce qu'on lui présentait. Quand Gordon Warden était lui-même enfant, son propre père l'avait contraint à rester à table pendant quarante-six heures, jusqu'à ce qu'il ait terminé sa soupe. En vérité, le problème des parents vient souvent de leurs propres parents : c'est auprès d'eux qu'ils récoltent leurs idées les plus mauvaises.

« Je vais chercher des serviettes », annonça Bonne-Maman en trottinant vers la cuisine.

Joe se tourna vivement vers Mme Jinks.

« Je ne peux pas manger ça.

— Bien sûr que si, tu peux, répondit Mme Jinks sans grande conviction.

— Non ! Vous ne voyez donc rien ? Elle le fait exprès. Elle a choisi tout ce que je déteste parce qu'elle sait que vous m'obligerez à manger. Elle me torture !

— Joe, tu vas finir par recevoir une gifle, si tu continues.

— Mais pourquoi refusez-vous de me croire ? Elle me déteste. »

Ils avaient parlé à voix basse, mais Joe lâcha ces derniers mots d'un ton violent.

« Mais non, voyons. Elle t'aime. Elle est ta grand-mère ! »

Bonne-Maman revint de la cuisine avec les serviettes en papier défraîchies.

« Tu n'as pas encore commencé à manger ? » remarqua-t-elle avec un sourire.

Elle posa les serviettes, prit un bol en porcelaine verte, et le remplit à ras bord de caillé. Puis elle piqua un hareng avec une fourchette, l'étala dessus en disant : « Ça lui donnera plus de goût », et posa le bol devant son petit-fils. Pétrifié, Joe observait son léger sourire frémissant, ses longs doigts noueux aux ongles jaunes ébréchés qui grattaient la nappe d'excitation, et son corps tendu comme un ressort.

« Et maintenant, mange tout ça, mon chéri ! »

Joe chercha le regard de Mme Jinks, qui se détourna. Il contempla le caillé qui stagnait dans le bol vert, et le hareng posé dessus comme une limace morte. Tout à coup, il prit sa décision.

Il repoussa le bol et déclara :

« Non, merci. Je n'ai pas faim.

— Comment ? » gargouilla Bonne-Maman, prise de court.

Elle fit un bond sur sa chaise. On aurait cru qu'une punaise l'avait piquée. Sa bouche s'ouvrait et se fermait.

« Mais... Que se passe-t-il ? Madame Jinks...! »

C'était ce que Joe redoutait le plus. De quel côté allait se ranger Mme Jinks ? La gouvernante elle-même paraissait hésiter.

« Tu n'as pas faim, Jordan ? s'enquit la gouvernante.

— Non, répondit Joe.

— Tu ne peux pas faire un petit effort ?

— Je ne me sens pas très bien.

— Alors, dans ce cas..., soupira Mme Jinks d'un air d'excuse en se tournant vers Bonne-Maman. S'il ne se sent pas bien... »

Le visage de Bonne-Maman se mit à luire. C'était un peu comme de contempler un reflet dans la mer. D'abord y passa une expression de rage et de haine, le genre d'expression que doivent avoir les soldats avant d'être transpercés par la baïonnette de leurs ennemis. Puis, au prix d'un immense effort, Bonne-Maman parvint à se maîtriser et son visage n'exprima plus que de la tristesse blessée. De grosses larmes de crocodile jaillirent de ses yeux. Ses lèvres se rétractèrent et se plissèrent comme une cicatrice toute fraîche.

« Mais, mon chéri, j'ai passé toute la matinée à le préparer. C'est ton préféré.

— Non, répondit Joe. Je n'aime pas ça.

— Mais avant tu l'aimais ! As-tu mangé du chocolat ou des chips avant de venir ? C'est ça ? Madame Jinks ? »

Ce qui se produisait à la table était sans précédent. Comme ce passage dans *Oliver Twist* où Oliver réclame davantage à manger, à cette différence que Joe en demandait moins. En temps normal, l'enfer se serait ouvert sous ses pieds. Mais Mme Jinks avait remarqué l'expression féroce et haineuse sur le visage de Bonne-Maman. Comme Joe, elle avait entrevu la vérité sous le masque. Et elle prit son parti.

« Joe n'a pas faim, madame Marmit.

— Qu'il boive quelque chose, alors, gazouilla Bonne-Maman. J'ai du cacao chaud dans la cuisine.

— Non, merci. »

Joe le préférait froid. Chaud, c'était trop épais et écœurant.

« Et un bon milk-shake au miel et au citron ?

— Non, s'entêta Joe.

— Je pourrais saupoudrer un peu de noix de muscade dessus.

— Non, merci.

— Je crois que je ferais mieux de ramener Jordan à la maison », suggéra Mme Jinks.

Elle était moins habile que Bonne-Maman à cacher ses sentiments. Il était clair qu'elle avait envie de partir.

Bonne-Maman s'en aperçut. Ses joues rosirent de colère. Ses pupilles s'élargirent et une faible lueur jaune apparut dans le blanc des yeux.

« C'est votre faute, madame Jinks, siffla-t-elle.

— Ma faute ? s'indigna la gouvernante.

— Vous n'élevez pas ce garçon correctement. Vous le bourrez de bonbons et de biscuits...

— Jamais, madame Marmit.

— Alors pourquoi ne mange-t-il pas ? Pourquoi ? »

Bonne-Maman gesticulait. Son coude accrocha le bol de caillé, qui vola de la table et atterrit sur ses genoux.

« Regardez ce que vous me faites faire ! » s'écria-t-elle en reculant... Terrible erreur ! Elle avait oublié le cactus... « Aïe ! » Elle fit un bond en l'air, puis s'affaissa par terre comme un petit tas. Sa robe était couverte de caillé et son visage cramoisi de colère.

Joe n'avait jamais rien vu de tel. C'était un spectacle à la fois fantastique et terrifiant. Allait-elle marmonner une formule magique qui transformerait Mme Jinks en crapaud ? Ou bien, plus vraisemblablement, allait-elle succomber à une crise cardiaque ?

Ni l'un ni l'autre. Bonne-Maman se releva, prit

une profonde inspiration, et redevint une vieille femme ratatinée et vaincue.

« Très bien, murmura-t-elle en soupirant. Ramenez-le, madame Jinks. Laissez-moi toute seule. Ça m'est égal. Je vais faire un peu de crochet. »

Bonne-Maman n'avait jamais fait de crochet de sa vie. Tout au plus avait-elle vécu aux crochets des autres.

Ainsi donc ils s'en allèrent. Mme Jinks fit sortir Joe en vitesse et ils s'engouffrèrent dans l'ascenseur, mais il leur fallut une bonne dizaine de minutes, dans un silence oppressant, avant d'atteindre le rez-de-chaussée. Mme Jinks était écarlate et paraissait inquiète.

Elle avait toutes les raisons de l'être.

Après leur départ, Bonne-Maman s'approcha du petit bar et sortit une bouteille de cognac. Elle la déboucha d'un coup de dents, manquant se les arracher en même temps que le bouchon, et avala une grande lampée d'alcool. Revigorée, elle s'approcha du téléphone et composa un numéro. La sonnerie retentit plusieurs fois, puis quelqu'un décrocha.

« Allô ? fit une petite voix chevrotante au bout de la ligne.

— Madame Chaudron ?

— Oui, je suis Elsie Chaudron.

— Ici, Ivy Marmit.

52

— Oh, ma chère Ivy ! Comme je suis contente de vous entendre. »

Mais le ton de la voix semblait un peu agacé.

« Écoutez ! jeta Bonne-Maman d'une voix brusque. Le garçon vient de sortir de chez moi. Mon petit-fils.

— Jeremy ? s'enquit la voix, tout à coup nettement plus intéressée.

— Il s'appelle Joe. Écoutez, madame Chaudron. J'ai réfléchi au sujet de Bideford et j'ai pris ma décision. Je vais l'amener. Pour vous...

— Vous êtes adorable, ma chère Ivy, dit la voix au charme glacial.

— Il y a juste un petit problème...

— Quel problème, Ivy ?

— Joe a une gouvernante. Une misérable et venimeuse gouvernante. Elle risque de se mettre en travers de notre chemin.

— Dans ce cas, il faudra vous occuper d'elle, ma chère. À moins que vous ayez besoin d'aide ?

— Non, je n'ai pas besoin d'aide, madame Chaudron ! »

Bonne-Maman fulminait. Une coulée de caillé dégoulina le long de sa robe et tomba sur sa chaussure.

« Je m'occupe personnellement de Mme Jinks, reprit-elle. Ensuite le garçon sera à vous... »

4

Bonne-Maman contre Gouvernante

Mme Jinks se plaisait à répéter qu'elle appartenait à la « vieille école », chose assez bizarre puisqu'elle n'avait jamais mis les pieds dans une école. Et si elle était la gouvernante de Joe depuis cinq ans, c'était à la suite d'un malentendu.

Avant de venir à Thattlebee Hall, Mme Jinks gagnait sa vie comme danseuse. Blonde, bien en chair, et dotée de jolies jambes, elle travaillait dans un cabaret de Soho où elle exécutait des danses exotiques avec un serpent dénommé Anna. Le patron du cabaret, qui était affligé d'un lourd bégaiement, mettait parfois trois quarts d'heure à annoncer le numéro de « Anna, l'Anaconda ». C'est l'une des raisons qui poussèrent Mme Jinks à chercher du travail ailleurs, et c'est ainsi que se produisit le fameux malentendu.

Elle décida de prendre contact avec un autre cabaret, *le Ballon bleu,* à Battersea, mais dans sa hâte elle composa un mauvais numéro de téléphone et tomba par hasard sur Mme Warden. Or celle-ci venait justement de faire passer une offre d'emploi dans le journal. En effet, son ancienne gouvernante, Mlle Coudegueule, lui avait remis sa démission pour s'engager comme soldat dans la guerre du Golfe, et elle-même s'apprêtait à partir en vacances. Elle avait besoin d'une remplaçante immédiatement.

Prenant Mme Jinks pour une gouvernante, Mme Warden l'embaucha sans réfléchir, et Mme Jinks accepta, croyant être engagée comme danseuse. Lorsqu'elles comprirent leur erreur, il était trop tard. M. et Mme Warden étaient partis en safari en Afrique du Sud pour un mois. Mme Jinks se retrouva toute seule à la maison avec Joe.

Pour sa part, Joe était ravi. Âgé de sept ans à cette époque, il avait supporté pendant six ans et demi Mlle Coudegueule, une femme dure, incroyablement musclée – à se demander si c'était vraiment une femme... Mme Jinks, elle, inspirait d'emblée la sympathie. Peut-être à cause de son visage rond et chaleureux, son rire sonore et son allure dans l'ensemble assez peu convenable. Ou peut-être à cause de son serpent de compagnie. En tout cas, elle était différente.

En quatre semaines, Joe lui enseigna tout ce qu'il savait sur le métier de gouvernante. Il faut bien admettre que les enfants en savent plus sur le sujet que les gouvernantes elles-mêmes. Il l'emmena à la bibliothèque et, ensemble, ils potassèrent des ouvrages comme : *Élever les enfants sans problèmes,* ou *Comment devenir une bonne nounou.* Il l'entraîna à faire des exercices de bain, d'habillage, de ménage. Il lui montra même comment le gronder.

Résultat : à leur retour de safari, M. et Mme Warden trouvèrent une maison impeccable, et un enfant mieux tenu et plus sage qu'il l'avait jamais été. Aussi décidèrent-ils de passer sur l'aspect peu conforme de la nouvelle gouvernante.

De son côté, Mme Jinks s'était vite aperçue que la vie de gouvernante était plus agréable que celle de danseuse exotique. Elle soigna son apparence, devint un peu plus sévère, et bientôt il fut impossible de deviner que c'était Joe qui l'avait éduquée, et non l'inverse.

Au bout d'un an, Mme Jinks prit deux semaines de vacances pour aller en Amazonie remettre Anna l'anaconda en liberté. Jamais plus elle ne mentionna le serpent, mais elle conserva sa photo sur sa table de nuit, dans un joli cadre.

Joe fit une seule fois allusion au goûter chez sa grand-mère, et ce fut le lendemain.

« Qu'est-ce que c'est un enzyme ? demanda-t-il à Mme Jinks.

— Je ne sais pas, répondit-elle en fronçant les sourcils. On peut chercher, si tu veux. »

Ce qu'ils firent sans tarder. Ils allèrent à la bibliothèque consulter un dictionnaire médical, et voici la définition qu'ils trouvèrent :

Enzyme : Substance organique qui accélère le processus chimique des organismes vivants. La fonction des enzymes est la clef de tout processus biologique.

« Qu'est-ce que ça veut dire ? demanda Joe.

— Aucune importance, décréta Mme Jinks en refermant le dictionnaire d'un coup sec. Je ne crois pas que ta grand-mère savait de quoi elle parlait. Oublions cette histoire d'enzyme. »

Pourtant, après la visite chez Bonne-Maman, Mme Jinks ne fut plus jamais tout à fait la même. On lisait dans ses yeux une inquiétude inhabituelle. Un bruit intempestif, une pétarade de voiture, un claquement de porte, la faisaient sursauter. Joe avait l'impression qu'elle marchait sur une corde tendue et redoutait d'en tomber à tout moment.

C'est alors que les vols commencèrent à se produire.

C'était la deuxième semaine de février et Bonne-Maman était venue déjeuner. Joe ne l'avait pas revue depuis le fameux goûter et il appréhendait cette rencontre, mais elle se montra absolument charmante. Elle le gratifia d'un baiser plus sobre que d'habitude, mais aussi d'un cadeau plus généreux, qui valait au moins une livre et ne lui avait pas été – comme d'habitude – remis en cachette par sa fille. Elle mangea sans se plaindre de la nourriture, complimenta Irma qui en laissa tomber une pile d'assiettes, et ne subtilisa ni couteau ni fourchette en argent.

C'est seulement au moment de partir, lorsque Wolfgang lui tendit son manteau vieux de vingt-sept ans, qu'elle poussa un cri.

« Ma broche en camée ! s'exclama-t-elle, les larmes aux yeux. Ma belle broche en camée a disparu !

— Tu es sûre que tu la portais, maman ? s'enquit Mme Warden.

— Évidemment, j'en suis sûre ! Je l'ai mise tout spécialement. Elle était sur le revers de mon manteau.

— Elle est peut-être tombée.

— Impossible, gémit Bonne-Maman. J'ai attaché la sécurité. » Elle se tourna vers Mme Jinks et ajouta, avec un curieux sourire : « Vous n'auriez pas aperçu ma broche, par hasard, madame Jinks ?

— Non, madame Marmit, répondit la gouvernante en rougissant. Pourquoi l'aurais-je aperçue ? »

Prenant l'air le plus innocent du monde, Bonne-Maman répondit :

« Eh bien, vous l'avez souvent admirée, il me semble. Et je vous ai vue farfouiller dans la penderie, juste avant le déjeuner.

— Est-ce que vous insinuez... »

Mme Jinks ne savait quoi dire. La colère et l'indignation lui empourpraient les joues.

« Je n'insinue rien du tout ! » l'interrompit Bonne-Maman.

On aurait presque cru qu'elle chantait les mots, tout son corps frémissait de plaisir. Un sourire découvrit ses dents jaunâtres.

« Je suis certaine que Wolfgang retrouvera ma broche dans le jardin. »

Mais Wolfgang ne retrouva jamais la broche. À sa visite suivante, le blanc des yeux de Bonne-Maman était rouge d'avoir pleuré. En fait, elle pleurait tellement qu'elle avait troqué son habituel mouchoir en dentelle contre une serviette à thé.

« Ce n'est pas grave, maman, je t'en achèterai une autre, promit Mme Warden. Ne sois pas triste. Ce n'est qu'un bijou. »

Ce jour-là, Mme Warden constata la disparition de ses boucles d'oreilles en diamant. Ses hurlements résonnèrent dans toute la maison.

« Mes boucles d'oreilles ! Gordon ! Mes belles

boucles, qui allaient si bien à mes oreilles ! Comment ai-je pu les perdre ? Oh, mon Dieu !

— Qu'on lui donne une serviette à thé, grommela M. Warden, qui essayait de lire son journal... Pour la bâillonner.

— Tes belles boucles d'oreilles en diamants, ma chérie ? s'exclama Bonne-Maman, l'air angélique, assise dans son fauteuil habituel.

— Oui, sanglota Mme Warden.

— Comme c'est triste ! Tu sais, l'autre jour justement, Mme Jinks me disait combien elle aimait tes boucles en diamants. C'est curieux qu'elles aient disparu aussi brusquement... »

Ces vols successifs surprirent Joe comme tout le monde, mais un soupçon se fit jour dans son esprit. Deux vols. Qui s'étaient tous les deux produits quand Bonne-Maman se trouvait à la maison. Et, chaque fois, Bonne-Maman avait accusé Mme Jinks...

Cette nuit-là, Joe quitta son lit et descendit à pas de loup au rez-de-chaussée. Le hall était obscur, mais un rai de lumière filtrait sous la porte du salon. Il plaqua son oreille contre le battant et entendit, ainsi qu'il s'y attendait, les voix de ses parents.

« Quelqu'un a dû me les voler, disait Mme Warden. Elles ne sont pas sorties toutes seules du tiroir !

— Mais qui ? demanda M. Warden.

— Eh bien..., maman disait que Mme Jinks...

— Impossible !

— Je ne suis plus sûre de rien, Gordon. D'abord, la broche de maman. Maintenant mes boucles d'oreilles. Et Mme Jinks fouillait dans la penderie. »

Accroupi dans l'obscurité, Joe s'efforçait de saisir la conversation à travers l'épais panneau de bois. Une latte du plancher craqua derrière lui et une main se posa sur son bras. Il se retourna d'un bond. L'espace d'un instant – horrible instant ! – il pensa que c'était Bonne-Maman. Heureusement, c'était Mme Jinks. Elle lui posa un doigt sur les lèvres et lui fit signe de la suivre en haut.

Elle le conduisit au dernier étage, et attendit d'être dans sa chambre, la porte fermée, pour parler.

« Je t'ai toujours dit qu'il ne fallait pas écouter aux portes, Joe ! le gronda-t-elle.

— Mais je...

— Je sais ce que tu faisais. Ce n'est pas grave. Assieds-toi. »

Joe prit place sur le lit, à côté de Mme Jinks.

« Écoute, mon chéri. Je ne veux pas t'inquiéter, mais je crois que nous devrions avoir une petite conversation. Peut-être n'aurai-je pas d'autre occasion de te parler.

— Vous n'allez pas me quitter, n'est-ce pas, madame Jinks ?

— Non, non. À moins que je n'y sois forcée. Mais

je voulais te parler de ta grand-mère. Pour le cas où... »

Mme Jinks prit une inspiration.

« Je t'ai déjà raconté mon voyage en Amazonie, n'est-ce pas ? Lorsque je suis allée relâcher Anna dans la nature.

— Anna l'anaconda ! s'exclama Joe, qui l'avait souvent entendue parler de son serpent.

— Je voulais lui rendre sa liberté, aussi loin que possible de la civilisation. Les gens ont des idées étranges sur les serpents, et je ne voulais pas voir Anna finir sous forme de chaussures ou de sac à main. Alors je me suis rendue dans le village des Iquitos, qui se trouve sur la rivière Amazone, et là, j'ai embauché un pêcheur pour me faire conduire en canoë dans la jungle amazonienne. Nous avons navigué pendant trois jours, Anna, moi et le pêcheur. Je ne vais pas commencer maintenant à te décrire la jungle, mais jamais je n'avais rien vu de pareil. C'est très vert, très dense, très silencieux. La forêt semble peser sur toi de toutes parts. Il y a une telle végétation ! Seul un fleuve aussi puissant que l'Amazone peut se frayer un passage au milieu. Le troisième jour, nous avons bifurqué dans un affluent. Le village était très loin derrière nous. Il n'y avait pas la moindre hutte et j'étais certaine qu'Anna serait en sécurité. Alors je l'ai sortie de son panier, je lui ai donné un dernier baiser et je l'ai relâchée...

— Mais quel rapport avec Bonne-Maman ? demanda Joe.

— Tu ne le sauras pas si tu m'interromps. Anna s'en était allée et moi, j'étais assise là, dans cette clairière, à me lamenter sur mon triste sort, quand tout à coup.... Tout à coup, un énorme crocodile a surgi des fourrés et a plongé vers moi. Il devait mesurer au moins cinq mètres de long. Ses écailles étaient vertes, comme dans certains vieux livres d'images, mais d'un vert hideux. Et il avait des dents terrifiantes, aiguisées comme des lames de rasoir. Visiblement, il n'avait jamais vu un dentiste de sa vie, et s'il en avait vu un, il l'aurait probablement dévoré.

— Comment se fait-il qu'il ne vous ait pas dévorée vous ? demanda Joe.

— Oh, il a bien essayé. Heureusement, j'avais mon parapluie, et je le lui ai coincé entre les mâchoires. Mais la question n'est pas là, ajouta Mme Jinks en attirant Joe contre elle. Je n'ai jamais oublié les yeux de ce crocodile et sa façon de me regarder. Or, il n'y a pas si longtemps, j'ai revu des yeux semblables. Exactement les mêmes. J'ai honte de le dire, Joe, mais c'étaient les yeux de ta grand-mère, le jour où nous sommes allés goûter chez elle. Je crois que j'aurais préféré prendre le thé avec le crocodile.

— Alors vous me croyez ! murmura Joe.

— Oui, j'en ai peur.

— Qu'allons-nous faire ?

— Il n'y a rien que je puisse faire, répondit Mme Jinks, sinon te conseiller d'être prudent. Souviens-toi, Joe : la vérité finit toujours par éclater, même si ça prend très longtemps.

— Vous parlez comme si vous alliez partir ! »

Mme Jinks le regarda d'un air las.

« Je n'en sais rien, Joe. Je n'en sais vraiment rien. Mais il fallait que je te parle. Avant qu'il soit trop tard... »

Le troisième vol eut lieu le dimanche suivant. Cette fois la victime fut M. Warden. Il s'était assoupi dans son fauteuil après déjeuner et, en s'éveillant, il eut conscience que quelque chose n'était pas normal. Il ne se trompait pas. Quelqu'un avait volé deux de ses dents en or.

« Fff'est un fffcandale ! » s'écria-t-il avec un drôle de sifflement. Il avait un trou béant sur le devant de la bouche. « Ffe fffais préfenir la ffolice ! »

Bien entendu, Bonne-Maman se trouvait là. Elle regardait M. Warden tempêter et siffler d'un air de profonde consternation.

« Qui aurait l'idée de voler des dents en or ? dit-elle. Quoique... en y réfléchissant... je me souviens d'avoir entendu Mme Jinks dire combien elle admirait vos dents... »

Dès lors, tout se passa très vite.

La police arriva avec deux fourgons et une voiture banalisée. Celle-ci transportait les deux chiens les plus féroces que Joe eût jamais vus. Des bergers allemands à poil long, au corps mince et anguleux, avec des yeux farouches. Ils commencèrent à inspecter la maison, la langue écumante, la truffe soupçonneuse.

« Il n'y a pas de viande qui traîne quelque part ? demanda le maître-chien.

— De la viande ? Non, répondit Mme Warden.

— Tant mieux. Parce que Sherlock et Holmes n'ont pas mangé depuis cinq jours. Ça les maintient en alerte. Mais il ne faut pas qu'ils sentent une odeur de viande.

— Entrez, messieurs, dit Mme Warden. Mon mari est au salon. »

Les policiers la suivirent à l'intérieur. Irma et Wolfgang se retirèrent dans l'aile ouest, laissant Joe et Mme Jinks dans le hall. Mme Jinks était très pâle.

« Je vais aller m'asseoir un peu dehors, dit-elle. J'ai besoin d'air frais. »

Au moment où elle s'éloignait, Joe entendit une porte se refermer doucement. Quelqu'un les avait-il observés ? Bonne-Maman ? Soudain inquiet, et sans savoir pourquoi, il ouvrit la porte et suivit le couloir qui menait jusqu'à la cuisine.

Quelqu'un s'affairait à l'intérieur. Sans se faire voir, Joe jeta un coup d'œil furtif et aperçut Bonne-

Maman qui prenait quelque chose dans un placard. Ensuite elle traversa la cuisine d'un pas alerte dans sa direction, et Joe dut plonger dans le garde-manger. Il entendit un bruissement de tissu, et une bouffée de « Mouton en décomposition » lui chatouilla désagréablement les narines quand elle passa tout près de lui. Puis elle s'éloigna. Que faisait-elle ? Qu'avait-elle pris dans le placard de la cuisine ?

Joe attendit d'être sûr que la voie fût libre pour regagner le hall. Bonne-Maman avait disparu. Dans le salon, son père discutait avec l'un des policiers.

« Oui, inffpecteur. Elles ont été ffolées pendant que ffe dormais. »

Joe alla jusqu'à la porte d'entrée pour jeter un coup d'œil dehors. La gouvernante était assise sur un banc sur le côté de la maison. Au moment où il la regardait, Joe entendit une fenêtre s'ouvrir au premier étage. Il voulut appeler Mme Jinks, mais tout à coup les deux chiens policiers surgirent et traversèrent la pelouse. Joe recula.

Pourtant il eut le temps de voir quelque chose tomber sur Mme Jinks. D'abord il crut qu'il pleuvait, mais c'était de couleur brune. Une sorte de poudre. Plongée dans ses réflexions, Mme Jinks n'avait rien remarqué. La poudre tombait sur ses épaules, ses genoux, ses cheveux.

Soudain les chiens s'immobilisèrent, le corps tendu, les yeux étincelants, le poil hérissé sur l'échine. L'un d'eux, celui qui s'appelait Sherlock, commença à grogner. Le deuxième, Holmes, haletait. Des halètements courts et rauques.

Lentement, silencieusement, les deux chiens se rapprochaient de Mme Jinks.

« Bonjour, les chiens... », dit la gouvernante en les voyant.

Elle se leva et remarqua enfin la poudre brune qui lui couvrait les bras et les jambes. Elle la huma... et comprit. Son visage devint livide. Elle poussa un cri et s'élança en courant.

« Sherlock ! Holmes ! »

Le maître-chien avait vu ce qui se passait, mais trop tard. Les deux bergers allemands filèrent comme deux flèches à la poursuite de Mme Jinks qui avait déjà traversé la pelouse, franchi un petit pont, et courait vers des buissons.

« Au pied ! » hurla le maître-chien.

L'un des molosses mordit le talon de la gouvernante.

Elle poussa un cri et disparut dans les buissons. Avec des grognements effrayants, les deux chiens sautèrent sur elle.

Joe avait assisté à toute la scène, horrifié. Puis tout devint confus, comme noyé dans un tourbillon. Par la suite, il se souvint vaguement d'avoir vu les policiers traverser la pelouse en courant, mais il était trop tard... Ils criaient et s'invectivaient, se rejetant la responsabilité l'un sur l'autre. Quelqu'un avait dû appeler une ambulance car, quelques minutes tard, une voiture blanche se gara dans l'allée. Mais les brancardiers refusèrent de sortir tant que les chiens n'étaient pas enchaînés et muselés. On reconduisit Sherlock et Holmes dans le fourgon de la police. Ils avaient la tête basse. Avec un hoquet d'horreur, Joe s'aperçut qu'ils avaient le ventre plus gros qu'à leur arrivée.

Par la suite, il apprit – et cela ne le surprit pas – qu'on avait retrouvé la broche en camée, les boucles d'oreilles en diamant et les dents en or dans la chambre de Mme Jinks. De la pauvre gouvernante, en revanche, on n'avait retrouvé que quelques lambeaux de vêtements tachés de sang.

C'était horrible, mais le pire souvenir que Joe garda de cette journée, celui qui le tint éveillé toute la nuit et encore une partie de la nuit suivante, c'est ce qu'il avait entrevu au milieu de toute cette agitation. Alors qu'il était dans le hall, un bruit lui avait fait tourner la tête et il avait aperçu Bonne-Maman qui descendait l'escalier. Ils étaient seuls. Bonne-Maman avait abandonné son masque de gentille grand-mère et arborait le sourire de crocodile dont Mme Jinks avait parlé.

Toutefois ce n'était pas son sourire, le plus effrayant. C'était ce que Bonne-Maman tenait dans

la main et qu'elle avait pris dans la cuisine un instant plus tôt.

Du fumet de viande en poudre.

Sans un mot, Bonne-Maman passa à grands pas
devant Joe pour reporter le paquet dans la cuisine.

5

Bonne-Maman emménage

Personne ne ressentit autant de peine que Joe à la mort de Mme Jinks. Il avait l'impression d'avoir perdu sa seule amie, ce qui, en un sens, était vrai. Non seulement elle était morte, mais on l'avait accusée de vol, et cela le blessait d'autant plus. « La vérité finit toujours par éclater », disait Mme Jinks. Mais comment Joe pouvait-il raconter à ses parents ou à la police que Bonne-Maman avait volé les bijoux et les dents en or, et qu'elle avait tué Mme Jinks en versant sur elle du fumet de viande en poudre pour attirer les chiens, parce que... parce que... Parce que quoi, au fait ? Ils le prendraient pour un fou.

73

Chaque jour, en rentrant de l'école, Joe se retrouvait seul. Il prit l'habitude de rejoindre M. Lampy qui l'attendait au fond du jardin, et ils s'asseyaient tous les deux, près d'un brasero, sous le regard de la famille de taupes qui les observait par la fenêtre de la remise.

« Je vais m'enfuir, disait Joe. Je vais partir en Chine et travailler dans une rizière.

— La Chine, ça fait une trotte, répondait M. Lampy. Et d'abord, qu'est-ce que c'est une rizière ? »

De leur côté, M. et Mme Warden devaient faire face à des problèmes domestiques. Les vacances d'été toutes proches annonçaient le départ de Wolfgang et Irma. Chaque année, en effet, la cuisinière et son époux retournaient en Hongrie, dans la banlieue de Budapest, où ils possédaient une caravane. M. Warden aurait préféré que la Hongrie vienne à eux. Pendant trois semaines, ils seraient privés de cuisinière et de majordome. Pire, Mme Warden n'avait pas réussi à trouver une nouvelle gouvernante pour veiller sur Joe malgré l'annonce passée dans les journaux. La mort brutale de la gouvernante précédente, dévorée par des chiens policiers, y était sans doute pour quelque chose. Ça faisait mauvaise impression.

« Il faut absolument trouver quelqu'un pour

s'occuper de Jordan, déclara Mme Warden, la nuit qui suivit le départ de Wolfgang et Irma.

— Que dis-tu ? » marmonna M. Warden, qui était couché et lisait *L'Économiste* en fumant un cigare.

La tête en bas, Mme Warden se mit à tourner sur elle-même. Elle suivait depuis peu des cours de techniques d'évasion et, non contente d'avoir des menottes aux poignets, une camisole de force et du ruban adhésif, elle s'était également suspendue au lustre par une cheville.

« Je dis que nous devons trouver quelqu'un pour s'occuper de Jordan.

— Oh, oui. Mais qui ?

— Pourquoi pas M. Lampy ?

— Mais ce n'est que le jardinier ! Et il a plus de quatre-vingts ans. Il est complètement sénile. »

D'un coup de dents, Mme Warden tira sur une des cordes qui la ligotaient. Mais la corde ne céda pas.

« Nous pourrions demander à Mabel Toutencraime. C'est un ange.

— Un ange est le mot juste, acquiesça M. Warden. Elle est morte depuis deux ans.

— Ah bon ? Je comprends maintenant pourquoi elle ne répondait pas à mes messages. Et Barbara Dorfin ? Elle dit toujours qu'elle rêve de retomber en enfance. C'est l'occasion ou jamais.

— Oui, mais elle, qui la garderait ?

— On va quand même bien trouver quelqu'un !

— Pourquoi pas toi ? suggéra M. Warden. Après tout, tu es la mère de ce garçon.

— Je n'y avais pas songé, murmura Mme Warden. C'est une idée... Je pourrais m'occuper de lui quelques jours en attendant. »

Mme Warden pivota et essaya de libérer son bras gauche de la camisole de force sans se démettre l'épaule. Sans succès.

« Ça ne marche pas, soupira-t-elle. Désolée, Gordon, mais je crois que tu vas être obligé de me délier. Gordon ? Gordon... ? »

M. Warden s'était endormi.

Le lendemain, la journée commença mal. Mme Warden avait la migraine – elle avait dormi toute la nuit la tête en bas – et pas la moindre envie de rester en tête à tête avec son fils. M. Warden était parti travailler de bonne heure, bien que ce fût samedi, ce dont Mme Warden s'aperçut un peu tard, lorsqu'elle entra dans la cuisine où Joe l'attendait, penché sur une carte de Chine.

« Bonjour, Jordan. »

Joe leva la tête. Il était en train de méditer sur la vie à Chwannping.

« Je vais te préparer ton petit déjeuner, annonça Mme Warden. Ensuite j'ai rendez-vous chez le coiffeur, puis mon cours de bridge avec M. Vitebski.

Cette semaine, on apprend la différence entre le bridge et la couronne. Tu pourras te débrouiller tout seul jusqu'à midi ? »

Joe acquiesça d'un hochement de tête.

« Parfait. »

Mme Warden était pressée. Elle jeta une cuillerée de granulés de Nescafé dans sa bouche et avala une gorgée d'eau chaude à la bouilloire.

« Je serais ravie de déjeuner avec toi, poursuivit-elle, mais j'ai rendez-vous avec Jane vers les onze heures, et comme elle est toujours en retard, ça risque d'être plutôt vers les midi. La pauvre chérie voit toujours midi à quatorze heures. Il faudra un jour que je lui apprenne que deux et deux font quatre ! »

Joe avait perdu le fil, mais sa mère poursuivit :

« J'irai faire quelques courses dans l'après-midi. Ce sont les soldes de printemps. Je me demande bien quel printemps ils vendent ! Ensuite, je prendrai le thé au Ritz. Mais je rentrerai à temps pour le dîner.

— Tu veux que je prépare à manger ? proposa Joe.

— Mais non, mon chéri ! gloussa Mme Warden. Je m'en occuperai. »

En réalité, Mme Warden rentra si fatiguée de sa journée de shopping qu'elle oublia le dîner. Attablés dans la salle à manger, M. Warden et Joe contemplèrent d'un regard morne les trois boîtes de saumon en conserve. Mme Warden avait l'air plus lugubre encore, car elle n'avait pas réussi à dénicher l'ouvre-boîtes.

« Cette maison va à vau-l'eau, grommela M. Warden. Et moi je vais finir par aller à l'hôtel ! »

Mme Warden éclata en sanglots.

« Ce n'est pas ma faute. J'ai été très occupée toute la journée ! Comment veux-tu que je fasse tout ?

— Il n'y a vraiment *rien* à manger dans cette maison ?

— Il y avait un poulet et des petits pois.

— Tu aurais au moins pu cuire les petits pois, maugréa M. Warden.

— J'ai essayé. Mais le poulet les a picorés. Ensuite j'ai essayé de faire cuire le poulet, mais il s'est échappé. »

En l'absence de Wolfgang et Irma, les journées s'écoulaient avec une incroyable lenteur. Mme Warden remplissait les placards de la cuisine de repas tout prêts. M. Warden passait le plus clair de son temps à son bureau, tandis que Joe s'efforçait d'apprendre le chinois tout seul. Mais très vite les choses se gâtèrent.

Le mardi soir, le lave-vaisselle tomba en panne, au grand désarroi de Mme Warden qui n'avait pas fait la vaisselle depuis au moins vingt ans – et encore, elle l'avait seulement rincée. Le lendemain, elle acheta une cinquantaine d'assiettes en carton, parfaites pour la viande et le dessert, mais d'usage difficile pour la soupe. Le mercredi, M. Warden tenta de faire sécher ses chaussures dans le four à micro-ondes. Ses pieds luisaient littéralement lorsqu'il prit le métro pour se rendre à son bureau, à tel point qu'il déclencha les détecteurs et provoqua une alerte à la bombe. Le jeudi, le grille-pain explosa : M. Warden avait essayé de l'allumer avec une allumette. Le vendredi, c'est l'aspirateur qui rendit l'âme : Mme Warden avait voulu s'en servir comme sèche-cheveux, et c'est de justesse qu'elle évita de terribles blessures.

On peut trouver pathétique l'incapacité de M. et Mme Warden à s'occuper d'eux-mêmes, mais vous seriez surpris d'apprendre combien ceci est fréquent chez les gens très riches. Ils ont tellement l'habitude d'être servis par des domestiques qu'ils ne savent plus rien faire par eux-mêmes. Demandez à la reine d'Angleterre ce qu'est *M. Propre*, elle croira sans doute qu'il est le responsable de la lutte contre la pollution !

En tout cas, plus les jours passaient, plus la maison devenait sale et désordonnée. Tout tombait en panne. Joe évitait ses parents le plus possible et passait la plus grande partie de ses journées auprès de M. Lampy. Le chinois s'avérant impossible à apprendre, il envisageait désormais de se porter can-

didat pour le prochain voyage de la navette améri-
caine sur Mars.

Et puis, le samedi, Bonne-Maman vint déjeuner.

« Tu sais, Maud chérie, dit-elle en mastiquant une
bouchée de "plateau-repas-spécial-samedi" de chez
Marks et Spencer, vous avez l'air très fatigués, Gordon et toi !

— Je suis fatigué, marmonna M. Warden.

— Est-ce que vous n'allez pas sur la Côte d'Azur,
d'habitude, à cette époque ?

— Cette année, c'est impossible, soupira
Mme Warden.

— Pourquoi ? »

Bonne-Maman avait à peine jeté un regard à Joe,
qui était assis en face d'elle, mais soudain il eut des
soupçons. Bonne-Maman savait très bien que ses
parents possédaient un appartement à Cannes. Elle
savait aussi que cet appartement n'avait qu'une seule
chambre.

« Et Jordan ? dit Mme Warden.

— Il serait sûrement ravi de vous accompagner.

— Il n'y a pas de place, grommela M. Warden.

— Dans ce cas... je pourrais m'occuper de lui
pendant votre absence. »

Joe sentit sa gorge se nouer. Un à un, les poils de
sa nuque se hérissèrent. Seul avec Bonne-Maman ?
Il préférait encore la compagnie d'un tigre.

« Je pourrais m'installer ici », poursuivit Bonne-Maman.

Son visage n'exprimait plus que la bonté, sa voix était douce comme du miel. Mais dans ses yeux brillait une lueur de ruse.

« Joe serait content de m'avoir ici. N'est-ce pas, Joe ?

— Aïe ! » cria Joe en guise de réponse.

À peine Bonne-Maman avait-elle fini sa phrase qu'il avait ressenti une douleur terrible. Sous la table, une chaussure en cuir avait heurté violemment son tibia.

« Pardon, mon chéri, que dis-tu ? grimaça Bonne-Maman.

— Tu n'as pas le droit de faire ça ! dit Joe d'une voix haletante.

— Quoi ? s'emporta M. Warden. Ta grand-mère propose de veiller sur toi et c'est tout ce que tu trouves à répondre ?

— Je veux dire... Je veux dire... ce n'est pas juste pour Bonne-Maman », bafouilla Joe.

Comment suivre le conseil de Mme Jinks et dire la vérité ? Il suffisait de regarder ses parents pour comprendre que c'était impossible. Joe s'efforça de réfléchir et de jouer en finesse.

« Je serais ravi de rester avec Bonne-Maman, mais ça lui donnerait trop de travail. Je ne voudrais pas qu'elle soit malade.

« — Oh, que je suis maladroite ! s'exclama Bonne-Maman. J'ai laissé tomber ma fourchette. »

Elle disparut sous la table.

« Heu... attends..., commença Joe.

— Mais enfin que t'arrive-t-il, Joe ? » s'impatienta sa mère.

Joe fit un bond sur sa chaise. Trois dents de métal venaient de se planter dans sa cuisse. Dans son sursaut, le verre d'eau qu'il tenait à la main gicla sur M. Warden et éteignit son cigare.

« Tu deviens fou, ma parole !

— Non, père, je... »

Joe posa son verre et se pencha pour examiner les dégâts. Il y avait trois petits trous dans son pantalon. Sans parler de sa cuisse.

« Je m'occuperai de lui », déclara Bonne-Maman, qui s'était déjà redressée. Pour une personne de cet âge, elle était incroyablement vive. « C'est une question de quelques semaines. Je suis sûre que nous nous amuserons beaucoup, tous les deux... »

Joe ne la quittait pas des yeux. Elle se pencha pour prendre le couteau à pain : trente centimètres d'acier en dents de scie. Elle le regarda et sourit. Joe se tassa sur sa chaise. Quand il reprit la parole, sa voix n'était plus qu'un filet étranglé.

« Et M. Lampy ? suggéra-t-il en chevrotant.

— Quoi, M. Lampy ? dit sa mère.

— Il est beaucoup plus jeune que Bonne-

Maman. Est-ce qu'il ne pourrait pas s'occuper de moi ? Comme ça vous pourriez partir en vacances, père et toi, Bonne-Maman n'aurait pas le souci de veiller sur moi, et tout le monde serait content. »

En face de lui, Bonne-Maman serrait si fort le manche du couteau à pain que ses jointures avaient blanchi. Sous sa peau, ses veines frétillaient comme des vers. Hypnotisé par le couteau, Joe retint son souffle.

« J'avais en effet songé à M. Lampy, dit Mme Warden.

— Après tout, ce n'est pas une si mauvaise idée, marmonna M. Warden.

— C'est même une très bonne idée », renchérit Bonne-Maman en reposant le couteau à pain.

Ses lèvres étaient toutes fripées et des larmes brillaient sur les bords de ses paupières, comme de l'eau de pluie dans les replis d'une toile de tente.

« Si tu ne veux pas de moi, gargouilla-t-elle d'une voix humide. Si tu ne m'aimes pas...

— Bien sûr que si, il t'aime, maman ! intervint Mme Warden. Jordan s'inquiète pour ta santé, voilà tout.

— En effet, je m'inquiète, acquiesça Joe.

— Bon, très bien, dit Bonne-Maman avec un entrain forcé. Vous deux, allez prendre vos billets d'avion et amusez-vous. » Puis elle plissa les yeux et les paroles qui suivirent s'adressèrent directement à

Joe : « Et si jamais il arrive quelque chose de grave à M. Lampy, si la malchance veut qu'il succombe à un terrible accident, prévenez-moi. »

« Allons, allons, ne vous tracassez pas pour moi, monsieur Jordan », dit M. Lampy.

Cela se passait la veille du départ de M. et Mme Warden. M. Lampy venait de sortir de la remise avec un bidon d'essence. Il avait coupé des broussailles au fond du jardin et s'apprêtait à allumer un feu.

« Nous allons bien nous entendre, tous les deux.

— Ce n'est pas ça qui m'inquiète, dit Joe. C'est Bonne-Maman...

— Vous et votre grand-mère ! » s'exclama M. Lampy en déposant le bidon par terre pour se masser le dos. « Ouille.... Je suis allé voir un docteur, ce matin, pour mes douleurs. Il m'a parlé d'un certain Arthur Hose. Arthur Hose. Je ne connais personne de ce nom-là...

— Je vous en prie, monsieur Lampy... »

Le jardinier sourit. C'était un très vieil homme et, lorsqu'il souriait, son visage était sillonné de centaines de rides. Il avait vécu au grand air toute sa vie. En dix années passées dans la Marine, jamais il n'avait quitté le pont supérieur. Ce qui est un exploit si l'on considère qu'il servait sur un sous-marin.

« Je n'ai pas croisé votre grand-mère depuis bien

longtemps et je n'ai pas l'intention de la voir, reprit-il en se penchant pour ramasser le bidon d'essence. Je parie qu'elle nous laissera tranquilles. »

Joe regarda M. Lampy s'éloigner. La sérénité du jardinier ne le rassurait pas, mais il ne servait à rien de discuter. La dernière image que Joe garda de lui fut celle du vieil homme penché au-dessus d'un tas de broussailles et de feuilles mortes pour y verser un peu d'essence. Joe ne le vit pas gratter l'allumette.

On entendit l'explosion à cinquante kilomètres à la ronde, et la police crut d'abord à un attentat terroriste. Comme pour Mme Jinks avant lui, on ne retrouva rien de M. Lampy, ce qui n'était guère surprenant. L'explosion avait creusé un cratère de cinq mètres de profondeur. Quatre arbres du parc, le jardin de rocaille, la remise et la famille de taupes furent soufflés avec lui, en une telle multitude de fragments qu'il fut impossible de déterminer qui était quoi. Une question, surtout, intrigua les enquêteurs. Comment M. Lampy s'était-il débrouillé pour verser de la nitroglycérine sur son feu ? Par quel miracle la nitroglycérine s'était-elle retrouvée dans un bidon à essence ?

L'enquête ne mena nulle part. Un témoin déclara avoir vu quelqu'un franchir la clôture de Thattlebee Hall. Mais comme ce témoin revenait du pub et que sa description correspondait à celle d'une femme de plus de quatre-vingt-dix ans, la police ne retint pas son témoignage.

Quelques jours plus tard, M. et Mme Warden s'envolaient pour la Côte d'Azur.

Le jour même de leur départ, Bonne-Maman emménageait à Thattlebee Hall.

6

Les mamies jouent au poker

Petit déjeuner : lait caillé.

Déjeuner : lait caillé.

Goûter : lait caillé.

En une seule journée, Joe avait pris la couleur du caillé. Jamais la maison ne lui avait paru si grande et jamais il ne s'était senti si petit. Ses parents à l'étranger, Mme Jinks et M. Lampy morts, il restait seul avec Bonne-Maman. À sa merci. Ça le rendait malade.

De son côté, Bonne-Maman profitait de chaque minute. Elle parcourut la maison en gazouillant comme un canari surexcité, ferma toutes les fenêtres et les condamna avec de la colle, poussa le chauffage central à plein régime. À midi, Joe transpirait à grosses gouttes.

« Tu as mauvaise mine, roucoula Bonne-Maman.

— J'ai trop chaud.

— Tu dois couver une grippe. Je vais te donner deux cuillers d'huile de foie de morue. Non, j'ai une meilleure idée. J'irai chez le poissonnier t'acheter un foie de morue entier. »

L'après-midi, M. et Mme Warden téléphonèrent de leur appartement de la Côte d'Azur. Ils ne demandèrent pas à parler à Joe. Mme Warden caqueta avec Bonne-Maman sur un débit plus rapide encore qu'à son habitude. Par souci d'économie, sans doute. Car elle s'arrangeait toujours pour écourter les communications longue distance.

« Tu es sûre que tout va bien, maman ?

— Ne t'inquiète pas, ma chérie. Nous nous amusons beaucoup, Jasper et moi. Tout va pour le mieux.

— Il y a juste une chose dont j'aimerais que tu t'occupes. Veux-tu passer une annonce dans le journal pour engager une nouvelle gouvernante ? Il nous faudra quelqu'un à notre retour.

— Oh, mais Jack n'aura pas besoin d'une nouvelle gouvernante... »

Joe surprit ces paroles. Un frisson le parcourut.

« Maman... ? »

Bonne-Maman pressait le téléphone entre ses doigts crochus comme des serres.

« Ravie de t'avoir entendue, ma chérie. À bientôt ! »

Son sourire se figea. Elle raccrocha.

Bonne-Maman donna ensuite plusieurs coups de téléphone, mais Joe devina que ce n'était pas pour passer une annonce dans les journaux. Caché derrière la porte qu'elle avait pris soin de fermer, il l'entendit demander des horaires de trains et en conclut qu'elle projetait un voyage. Avec lui, sans aucun doute.

Son hypothèse se trouva confirmée à la fin de la journée. Joe avait dîné tout seul et s'apprêtait à regarder la télévision lorsque Bonne-Maman entra.

« Il est l'heure d'aller au lit, Jane !

— Je m'appelle Joe ! protesta-t-il avec véhémence. Et il n'est que huit heures. Je ne me couche jamais avant neuf heures.

— Ne discute pas. Je sais mieux que toi ce qu'il te faut.

— Mais je regarde *La Facture* !

— Moi aussi, mon petit, répliqua Bonne-Maman en éteignant la télévision. La facture d'électricité ! Ça fera quelques économies. Allons, au lit ! »

La torture ne s'arrêta pas là. Malgré la douceur de la température, Bonne-Maman insista pour que Joe enfile un gilet et une robe de chambre par-dessus son pyjama, et ajouta deux couvertures sur son lit.

« Je ne voudrais pas que ton rhume s'aggrave, mon chéri.

— Mais je ne peux pas dormir avec tout ça ! Je me fais l'effet d'un hot-dog !

— Tu n'auras pas de hot-dog maintenant, rétorqua Bonne-Maman. Peut-être demain. »

Avec un petit gloussement de rire, elle éteignit la lumière de la chambre et sortit.

Joe resta allongé un long moment sans fermer les yeux. Il avait trop chaud et il était trop en colère pour dormir. Il trouvait la vie trop injuste. À douze ans (bientôt treize), il savait lire, écrire, compter, parler français, nager, jongler, et citer au moins mille personnages de romans et de films de science-fiction. Mais avait-il une vie personnelle ? Non. Chacun de ses mouvements était planifié et contrôlé par des adultes qui avaient moins d'imagination que lui. Ses parents, les professeurs de son collège huppé et snobinard, tous le manipulaient comme un vulgaire paquet de bonbons. La vie serait moins pénible si les grandes personnes avaient un peu plus de bon sens. Mais nul n'est qualifié pour être père ou mère. Et les parents de Joe non seulement n'étaient pas qualifiés, mais en plus ils se déchargeaient de leurs responsabilités en le confiant à une femme qui le détestait et qui, au cours des dernières semaines, avait tout simplement éliminé ses deux meilleurs amis. Qui pourrait croire une chose pareille ? Personne !

Sans la colère qui l'agitait et sans la chaleur insupportable, Joe aurait peut-être fini par s'endormir. Mais, à neuf heures, lorsque la sonnette de la porte d'entrée tinta, il avait toujours les yeux grands ouverts. Il les avait encore à neuf heures dix, au deuxième coup de sonnette. Et à neuf heures et demie, au troisième coup de sonnette, il avait abandonné toute idée de dormir.

De curieux bruits lui parvenaient du rez-de-chaussée. Un chuintement de canette de bière qu'on ouvre, un éclat de rire aigu. Des tintements de verre, le claquement d'une porte de placard. Et encore des rires. Apparemment, il y avait en bas quatre ou cinq femmes. Le bruit étouffé d'une dispute, suivi de ricanements, se propagea dans la cage d'escalier. Joe finit par céder à la curiosité. Il se leva et descendit.

Le hall était plongé dans l'obscurité mais la porte du salon était entrebâillée : les bruits venaient de là. Pieds nus sur l'épais tapis, Joe put approcher en silence et jeter un coup d'œil. Une scène extraordinaire s'offrit à ses yeux.

Cinq mamies jouaient au poker dans le salon, assises autour d'une table à jeu tapissée de feutre vert. Des jeux de cartes étaient répartis sur la table, sur le sol, et, pour au moins deux d'entre elles, dans leurs manches. La pièce était pleine de fumée. Deux des mamies fumaient des cigarettes, une troisième profitait des cigares de M. Warden. Elles avaient ouvert une demi-douzaine de canettes de bière et une bouteille de whisky. Il y avait des verres partout. Bonne-Maman avait également préparé de quoi manger : un plat de pop-corn, quelques hot-dogs rose vif avec des oignons frits et de la moutarde, des concombres au vinaigre, quelques sandwiches à la viande, deux boîtes de chocolat et plusieurs paquets de chewing-gums. Et, bien sûr, aucune trace de caillé – ce qui ne surprit pas Joe le moins du monde.

Mais le clou du spectacle, c'était les vieilles dames. Jamais Joe n'avait vu quelque chose de si bizarre et de si révoltant. En additionnant leurs âges, on dépassait allégrement les quatre cents ans. Un jour, Joe avait vu un film d'horreur intitulé *La Nuit des morts vivants,* qui lui avait donné des cauchemars pendant une semaine. Ce qu'il découvrait maintenant était cent fois pire.

Mamie n° 1 était une petite bonne femme échevelée. Elle mesurait tout au plus un mètre vingt-cinq. Son menton arrivait à peine à hauteur de la table, et de ses petits yeux roses elle fixait les cartes qu'elle tenait dans sa main. Apparemment, elle éprouvait quelques difficultés à tenir en équilibre sur sa chaise, peut-être à cause de l'énorme masse

STOUT

de bijoux qu'elle portait et du volumineux sac à main qu'elle serrait contre sa poitrine. En fait, ses mains faisaient mille choses à la fois : elles tenaient les cartes – de façon à empêcher sa voisine de les voir –, protégeaient son sac, portaient le verre de whisky à ses lèvres, grattaient son nez et ses oreilles... On eût dit qu'elle possédait quatre bras. Elle s'appelait mamie Crobe.

Mamie n° 2 était habillée avec des sortes de doubles-rideaux. Mais mieux valait ne pas les tirer, car cette mamie-là était monstrueusement grosse et grasse. Si grasse qu'elle se fondait dans le fauteuil. De toute évidence, c'était une joueuse de poker prudente : elle tenait ses cartes très près de son menton, ou plutôt de *ses* mentons, car elle en avait trois. Le troisième s'ornait de touffes de poils. Mamie n° 2 suçait un hot-dog. Elle ne le mâchait pas car, pour être plus à son aise, elle avait ôté son dentier et l'avait posé sur la table, devant elle. Elle s'appelait mamie Rabelle.

Ce qui frappa Joe chez mamie n° 3, c'était ses yeux. Ils étaient horribles. Elle portait d'épaisses lunettes qui, avec le temps, avaient étiré ses oreilles et s'étaient incrustées dans son nez. En fait, son visage tout entier était de travers, et l'excès de rouge à lèvres n'arrangeait rien – d'autant qu'elle en avait mis partout, sauf sur les lèvres. Ses yeux, agrandis par les énormes verres de ses lunettes, l'un plus haut que l'autre, étaient d'une curieuse teinte laiteuse. Mamie n° 3 fumait, mangeait, buvait et bavardait tout à la fois. Et, bien sûr, rien n'échappait à ses gros yeux enfoncés dans leurs orbites tombantes. Elle répondait au nom de mamie Molett.

Mamie n° 4, qui était occupée à enfourner de pleines poignées de pop-corn dans sa bouche, ressemblait à un vautour. Elle en avait le long cou, le crâne chauve et le regard cruel. Son ample robe verte piquée de plumes renforçait l'illusion. C'était elle qui fumait le cigare. Elle s'en servait comme d'un aiguillon. Joe la vit toucher de sa pointe incandescente le menton de mamie Rabelle. Celle-ci poussa un cri et tomba à la renverse. Dans sa chute, deux as jaillirent de son gilet. Mamie Molett lui jeta un verre de bière en se tordant de rire, tandis que mamie Crobe martelait la table du poing en mastiquant son chewing-gum. Cette mamie vautour s'appelait mamie Jaurée.

Quant à Bonne-Maman, elle dominait la tablée, royale dans sa robe ondoyante, ornée de volants au col et aux manches. Assise bras et jambes écartés, elle affichait un air hargneux. Elle abattit ses cartes d'un geste sec.

« Full aux rois ! annonça-t-elle. Qui dit mieux ?

— J'ai une paire de deux ! » s'exclama mamie Crobe d'une voix fébrile.

Mamie Rabelle saisit les cartes et les déchira : « Tu

as perdu, ma chère. Une paire de deux, ça ne vaut rien.

— J'en ai un troisième dans mon soutien-gorge !

— Espèce de tricheuse ! s'écria mamie Rabelle avec un rire perçant, en jetant son jeu au-dessus de sa tête. Moi, je n'ai rien du tout !

— Et moi, j'ai une quinte flush, grinça la mamie vautour en étalant ses cartes sur la table. As, roi, dame, valet, dix...

— Comment as-tu fait ? maugréa Bonne-Maman, les joues rouges, en tripotant les cartes et en les examinant comme si c'était des contrefaçons. Toi aussi, tu as triché.

— Évidemment, j'ai triché ! Tout le monde triche. Mais j'ai mieux triché que toi.

— Bon, combien je te dois ? demanda Bonne-Maman d'un air boudeur.

— Voyons voir... dit mamie Jaurée en griffonnant quelques chiffres sur une feuille de papier. Deux shillings et quatre pence.

— Ça fait combien, en nouvelle monnaie ? questionna Mamie Crobe.

— Nous n'avons pas de monnaie de singe ici, répliqua Bonne-Maman en décochant un coup de coude dans l'œil de la petite mamie. Deux shillings et quatre pence, ça fait deux shillings et quatre pence.

— Oh, chères vieilles pièces de monnaie ! soupira mamie Rabelle, en faisant onduler ses trois mentons à l'unisson. Au moins ça valait quelque chose, dans le temps. Avec deux shillings et quatre pence, je pouvais payer à dîner pour trois personnes.

— C'est vrai, Betty, acquiesça mamie Jaurée d'un ton sec. L'ennui, c'est que tu mangerais les trois repas à toi toute seule ! » Et un nouvel éclat de rire irrépressible fit tressauter tout son corps.

Pendant ce temps, Bonne-Maman avait ramassé les cartes déchirées et froissées pour les battre.

« Raconte-moi, Ivy, reprit mamie Jaurée. Comment ça se passe avec ton petit-fils ? »

Derrière l'embrasure de la porte, Joe se figea.

« Oui, raconte-nous ! » dit mamie Molett en se frottant les mains. Ses yeux roulaient comme deux asticots dans des coquilles de noix. « Comment sont ses enzymes ?

— Les enzymes ! Les enzymes ! » répétèrent en chœur mamie Jaurée et mamie Crobe.

Bonne-Maman leva la main et déclara :

« Vous le saurez bien assez tôt. Je l'emmène avec moi demain.

— Non, c'est vrai ? s'exclamèrent avec ravissement les autres mamies.

— Et ses parents ? s'étonna mamie Rabelle.

— Ils sont à l'étranger. De toute façon, ils se moquent de lui. Ils ne s'apercevront même pas de son absence.

— Tu veux dire... » Mamie Jaurée tourna si violemment la tête que sa nuque craqua. « Tu veux dire que tu l'as pour toi toute seule ?

— Oui, répondit Bonne-Maman. Et je me suis bien amusée à ses dépens, vous pouvez me croire. » Elle se passa la langue sur les lèvres. « Mais peut-être que je vieillis. J'ai l'impression de ne pas lui en avoir assez fait baver ! »

Joe sentit ses cheveux se dresser sur sa tête. Si seulement il avait pu enregistrer cette conversation ! Ses parents l'auraient cru. Maintenant il avait la preuve que Bonne-Maman le détestait. Mais cette histoire d'enzymes l'inquiétait. Qu'est-ce qu'elle mijotait ? Où Bonne-Maman voulait-elle l'emmener ?

« Je hais les enfants ! grogna la mamie vautour.

— Moi aussi !

— Je ne peux pas les supporter !

— Je les ai en horreur ! »

Toutes les mamies opinaient du bonnet avec une telle vigueur que Joe n'aurait pas été surpris de voir leurs têtes se décrocher et rouler sur la table de jeu.

« Vous savez ce que je déteste le plus en eux ? dit mamie Rabelle. Leur peau fine, rose, claire et lisse. Je déteste aussi leurs cheveux, si épais et bouclés. Mais par-dessus tout je déteste leurs dents, ajouta-t-elle en fixant son dentier sur la table. Vous savez

99

où les enfants rangent leurs dents ? Dans leur bouche, pas dans un verre ! Ce n'est pas juste.

— Moi, je déteste leur bonne santé, dit mamie Crobe. Ils sont toujours en train de crier, de jouer, de s'amuser et de courir. Je n'ai pas couru depuis 1958. Et encore, c'était pour attraper l'autobus.

— Moi, je les déteste pour tout ce qu'ils ont, marmonna mamie Molett. De mon temps, nous n'avions pas d'ordinateurs, ni de pop music, de T-shirt ou de V.T.T. Eux, ils ont tout ça. J'ai combattu dans deux guerres mondiales et personne ne m'a offert une planche à roulettes. Ça non !

— Et l'odeur des enfants, dit mamie Jaurée. Pouah ! Ils sont petits et ils font un bruit infernal. Pourquoi ne sont-ils pas comme nous ?

— Oui. Avec notre arthrose.

— Nos genoux enflés.

— Nos oreilles bouchées.

— Comment ?

— Nos rides.

— Quelle horreur, ces sales gosses ! Quelle horreur ! Quelle horreur ! Quelle horreur ! »

Les cinq mamies criaient en chœur et martelaient la table de leurs poings. Joe n'en croyait pas ses yeux. Elles avaient perdu la raison !

Enfin Bonne-Maman les fit taire.

« Heureusement, nous pouvons nous venger

d'eux, dit-elle. Il existe tellement de moyens de vexer un enfant.

— Oh oui alors ! gloussa mamie Molett. Quand je vois mes petits-enfants, je fais exprès de les chatouiller. Je sais qu'ils ont horreur de ça.

— Moi, je ne me contente pas de les chatouiller, renchérit la mamie modèle réduit. Je leur tapote la tête et je tripote leurs vêtements. Ça les agace, mais ils ne peuvent pas se plaindre.

— Et les baisers ! s'exclama mamie Rabelle. Le gros baiser mouillé sur la joue qui les fait se tortiller comme une grenouille dans une mare !

— Et les cadeaux ! ajouta Bonne-Maman. Les cadeaux sont un excellent moyen pour gâcher le plaisir d'un enfant.

— C'est vrai. Il suffit de leur offrir un livre ennuyeux.

— Ou de la poudre de talc !

— Ou quelque chose qu'ils ont déjà !

— Moi, précisa Bonne-Maman, je leur offre des cadeaux bien en dessous de leur âge. Ils ont l'impression qu'on les prend pour des bébés et ça les met dans une rage terrible. C'est vraiment très amusant. »

Joe se souvint de son robot et sentit ses joues s'empourprer. Mais, cette fois, ce n'était pas de honte. C'était de colère.

« J'ai une meilleure tactique, claironna mamie

Jaurée. J'offre des vêtements hideux et mal coupés. J'ai réussi à dénicher les pull-overs les plus affreux qui existent !

— Moi, je les tricote moi-même, dit mamie Crobe.

— Les enfants sont obligés de les porter, poursuivit mamie Jaurée. Vous verriez leur tête ! Je les emmène prendre le thé dehors, vêtus de leurs horribles gilets trop grands aux couleurs criardes, et j'observe leur réaction.

— Ma technique est plus vicieuse encore, se vanta mamie Molett. Comme mes petits-enfants sont un peu trop gros, devinez ce que je leur offre !... Des chocolats ! Je leur en apporte une boîte entière. Ils les mangent, prennent du poids et des boutons sur la figure. À l'école, leurs camarades se moquent d'eux. Et tout ça grâce à moi ! Vous devriez essayer le coup des chocolats. Ces garnements ne savent pas y résister.

— On peut combiner les deux idées, suggéra Bonne-Maman. Leur offrir des chocolats *ET* un vêtement trop serré. Comme ça, leurs bourrelets se remarquent davantage. »

Les quatre autres méditèrent un instant sa suggestion, puis éclatèrent de rire. On remplit à nouveau les verres de whisky, on ouvrit d'autres bières. La grosse mamie riait tellement que son corps se tordait en convulsions et que son teint virait au rouge brique.

Joe ne put en supporter davantage. Il recula de quelques pas dans les ténèbres du hall, mais s'immobilisa soudain en entendant à nouveau prononcer son nom.

« Alors, comme ça, tu vas emmener le garçon ?

— Oui, je l'emmène avec moi. Il y a longtemps que je l'ai à l'œil.

— Quel œil, ma chère Ivy ? Le bon, ou celui en verre ?

— En as-tu parlé avec... Elsie Chaudron ? demanda mamie Jaurée en prononçant ce nom d'une voix craintive.

— Oui, bien sûr. Elle est très contente.

— Ravie !

— Enchantée !

— Les enzymes !

— Ha ! Ha ! Ha ! »

Les cinq mamies riaient comme de vieilles sorcières. Ajoutez un chaudron et quelques grenouilles, il n'y aurait pas eu de différence. Joe remonta dans sa chambre à pas de loup, escorté par le son effrayant de leurs voix.

7

Les Tortues d'Or

« Prépare tes affaires, Judas. Nous partons en voyage. »

Le lendemain matin, en descendant prendre son petit déjeuner, Joe trouva Bonne-Maman en train d'attaquer à belles dents (c'est une façon de parler) une assiette d'œufs au plat avec du bacon, des saucisses, des tomates, du pain grillé et du pudding. Pour lui, elle avait préparé un demi-pamplemousse, agrémenté d'une cuillerée de lait caillé.

« Où allons-nous ? » demanda Joe.

Sachant qu'elle faisait exprès de l'appeler systématiquement par un autre nom, il avait décidé de ne plus réagir.

« À Bideford, dans le Devonshire. C'est une ville ravissante. J'y ai passé des années très heureuses pendant la guerre.

— Quelle guerre, Bonne-Maman ? La guerre de Crimée ?

— Ne sois pas insolent, je te prie. »

Bonne-Maman lança le poing en avant avec une force surprenante. Si Joe ne l'avait esquivé de justesse, il aurait eu la mâchoire brisée. Heureusement, il ne sentit que le déplacement de l'air contre sa joue.

« Je parle de la Seconde Guerre mondiale, rectifia Bonne-Maman. Quelle époque bénie ! On était rationnés, à ce moment-là. Bombes et œufs pourris pour le petit déjeuner. Ton grand-père a été réduit en miettes par un obus. Comme j'étais heureuse !

— Je ne veux pas aller à Bideford, déclara Joe en s'asseyant sur le bord de sa chaise, pour le cas où il aurait à esquiver une autre attaque.

— Ça ne m'étonne pas, mon chéri, minauda Bonne-Maman. Mais tu as douze ans et moi, j'en ai quatre-vingt-quatorze. Alors tu n'as pas vraiment le choix.

— Je pourrais téléphoner à mes parents.

— Pour les faire revenir de France ? Je ne crois pas que ça leur ferait plaisir. De toute façon, je les ai prévenus que je t'emmenais faire un petit voyage, ajouta-t-elle avec un sourire mauvais.

— Pourquoi ? Qu'est-ce que tu veux ? »

Bonne-Maman s'immobilisa, la fourchette à quelques centimètres de sa bouche. Du blanc d'œuf se balançait devant ses lèvres. Subitement, elle reprit son air innocent pour répondre : « Ce que je veux ? Simplement prendre soin de toi, mon chéri. Comme n'importe quelle mamie le ferait. »

Le taxi les déposa devant la gare de Paddington. Le chauffeur bougonna devant le tas de menue monnaie que sortait Bonne-Maman pour régler la course. La transaction dura dix minutes, au bout desquelles le pauvre homme se trouva submergé de piécettes.

« Sept livres et vingt pence, c'est bien ça ? Voilà sept livres et vingt et un pence. Gardez la monnaie ! »

Joe empoigna les valises, Bonne-Maman empoigna Joe, et ils se frayèrent un chemin dans la foule. En marchant, Joe remarqua une chose étrange. Une femme était descendue d'un taxi juste derrière eux. Sa silhouette lui semblait vaguement familière. Or, maintenant, elle paraissait les suivre à l'intérieur de la gare. Joe jeta un coup d'œil furtif par-dessus son épaule. L'inconnue était toujours là, le visage presque entièrement dissimulé par une écharpe et de grosses lunettes noires. Une mèche blonde s'échappait de son volumineux chapeau et elle marchait en boitant. Où l'avait-il déjà vue ?

Mais quand il se retourna à nouveau, un moment plus tard, la femme mystérieuse avait disparu. Peut-être était-ce un tour de son imagination.

Bonne-Maman examina son billet et chercha le quai correspondant. Un contrôleur se tenait près du train, appuyé d'une main contre la paroi de métal, l'autre main enfoncée dans sa poche. Il était mal rasé, et il avait une cigarette coincée derrière l'oreille.

« Excusez-moi », dit Bonne-Maman.

Le contrôleur baissa les yeux sur elle et se fendit d'un sourire sirupeux. Joe comprit aussitôt à quel genre d'homme ils avaient affaire. Comme oncle David, il était de ces gens qui croient que les personnes âgées sont des enfants attardés qui ne comprennent que les mots simples articulés à haute voix. Joe détestait ce type de comportement, mais il était assez curieux de voir comment Bonne-Maman allait réagir.

« Oui, ma p'tite dame. Comment ça va, aujourd'hui ? » brailla le contrôleur en se penchant vers Bonne-Maman.

Elle pinça les lèvres et jeta :

« C'est bien le train pour Bideford ?

— Mais non, ma p'tite dame, continua de brailler le contrôleur avec des hochements de tête vigoureux pour faire bonne mesure. Il n'y a pas de gare à Bideford. La gare est fermée depuis vingt ans. Vous devez descendre à Barnstaple, et ensuite prendre le car.

— Bon, alors est-ce le train de Barnstaple ? questionna Bonne-Maman.

— Oui, c'est celui-là ! » triompha le contrôleur en secouant la tête comme un canard assoiffé. Il exhibait toutes ses dents (dont un certain nombre de plombages) dans un large sourire. « Vous saurez monter, ma p'tite dame ? Vous avez votre billet ?

— Évidemment j'ai mon billet !

— Alors c'est parfait. Vous devrez changer à Exeter. Vous vous en souviendrez ?

— Oui, je m'en souviendrai.

— C'est votre petit-fils ? Ne vous inquiétez pas, il s'occupera de vous. Tout ira bien. »

L'homme ne s'en était pas aperçu, mais les joues de Bonne-Maman avaient viré au rouge sombre et ses lèvres étaient si serrées qu'on les aurait crues cousues ensemble. Elle n'ajouta rien, monta dans le train avec Joe, et trouva sa place. Ensuite elle regarda sa montre.

« Il nous reste dix minutes, marmonna-t-elle, davantage pour elle-même que pour lui. Attends-moi ici, je reviens... »

À peine s'était-elle éloignée que Joe, poussé par la curiosité, se glissa hors de son siège pour retourner à la porte du wagon. Qu'avait-elle encore en tête ? Il la vit filer au milieu de la foule des voyageurs jusqu'au kiosque à journaux et revenir, une minute plus tard, avec quelque chose dans la main. Puis elle se mit à déambuler comme si elle attendait quelqu'un. Joe la suivit des yeux et aperçut le contrôleur, toujours appuyé du plat de la main contre le train. Soudain, Bonne-Maman se dirigea vers lui d'un pas décidé. Elle mijotait quelque chose, Joe en était sûr, mais quoi ? C'est alors qu'apparut un groupe de touristes, qui lui masqua la vue pendant un instant.

Lorsqu'il vit à nouveau Bonne-Maman, elle avait dépassé le contrôleur et revenait vers leur wagon. Le contrôleur semblait avoir été distrait par quelque chose. Il alluma une cigarette puis reprit sa position favorite, la paume appuyée contre le train. Joe regagna en vitesse sa place et feignit de somnoler. Un instant après, Bonne-Maman était de retour.

Le train démarra aussitôt.

Bonne-Maman avait acheté un magazine mais elle ne l'ouvrit même pas. Un léger sourire flottait sur ses lèvres, et dans ses yeux brillait cette petite lueur secrète et dangereuse que Joe lui connaissait.

Son sac était entrouvert sur ses genoux. Il y glissa un coup d'œil et remarqua un petit emballage en carton froissé à l'intérieur. Était-ce ce qu'elle avait acheté au kiosque à journaux ? Joe lut l'étiquette et frissonna.

SUPERGLUE.

Le train resta immobilisé une heure à Reading, le temps que l'on arrive à délivrer le malheureux contrôleur, qui avait couru depuis Paddington, une main collée contre le wagon. Une ambulance le transporta à l'hôpital. Le pauvre type était épuisé, choqué, et souffrait de multiples ampoules. En regardant l'ambulance s'éloigner par la fenêtre du compartiment, Bonne-Maman déclara :

« Je déteste être traitée comme une vieille gâteuse.

— Oui, je comprends ça », répondit Joe.

Il ne desserra plus les dents de toute la journée.

Bideford était une assez jolie petite ville qui s'étirait le long d'un port – en fait, quelques bateaux de pêche ancrés au-delà d'une rangée de parcmètres. Un taxi avait conduit Joe et sa grand-mère depuis la gare de Barnstaple. Alors qu'ils remontaient la rue principale, Joe remarqua deux choses. D'abord, tous les magasins de la ville vendaient du lait caillé du Devonshire. Ensuite, il y avait une proportion anormalement élevée de vieilles dames dans les rues, toutes coiffées de chapeaux tricotés, et toutes poussant des chariots à commissions.

Le taxi tourna à droite, suivit une route étroite et sinueuse qui grimpait une colline escarpée, et s'arrêta au sommet. Là, se dressait l'hôtel où ils allaient séjourner.

C'était une haute bâtisse à double façade de quatre étages, avec des chambres aménagées dans les combles. Les propriétaires avaient essayé de la moderniser en ajoutant une porte tournante (qui avait l'air ridicule) et un vestibule en marbre blanc. L'hôtel annonçait quarante-cinq chambres, « toutes équipées d'eau courante, chaude et froide », mais un plaisantin avait rayé le « et » pour le remplacer par « ou ». Eau chaude ou froide. Apparemment, il y avait des problèmes de plomberie. L'établissement s'appelait *Le Stilton International.*

Bonne-Maman paya la course du taxi et ils entrèrent. Le hall d'accueil était étonnamment spacieux, et l'hôtel tout entier paraissait plus grand à l'intérieur qu'à l'extérieur.

Tandis que Bonne-Maman réglait les formalités à la réception, Joe se promena au milieu des canapés en simili cuir et des plantes vertes flétries qui piquaient tristement du nez (l'hôtel était aussi surchauffé que l'appartement de Bonne-Maman), puis se dirigea vers un grand panneau d'affichage. Les informations étaient écrites en lettres de plastique. Certains caractères de l'alphabet manquaient, mais on pouvait néanmoins lire ceci :

LE STILTON INTERNATIONAL
est heureux d'accueillir
ses chères mamies
Ce soir à 22 h
dans la salle de conférence Elsie Chaudron
Pour la remise des TORTUES D'OR DES VERMEILS

« Les "Tortues d'Or des Vermeils"... », murmura Joe. Tout à coup, en regardant autour de lui, il s'aperçut – avec un serrement au creux de l'estomac – que les seuls clients de l'hôtel étaient des mamies. Une demi-douzaine, installées dans les fauteuils du hall, feuilletaient des magazines ou somnolaient. La porte de l'ascenseur s'ouvrit et trois petites vieilles en sortirent en papotant à voix basse. Deux autres se congratulaient dans le vestibule.

« Gladys !

— Evelyn ! On ne s'est pas vues depuis 1962 !

— Mais oui, plus de cinquante ans ! Tu n'as pas changé, ma chère Gladys !

— Vraiment, ma chère Evelyn ?

— Mais non ! Tu portes toujours la même robe ! »

Un autocar venait de s'arrêter devant l'hôtel. Quinze vieilles dames en descendirent et vinrent se mettre en file devant le bureau de réception en jacassant comme des pies. Toutes avaient des chariots et d'antiques valises surchargées. Mais Joe observa aussi une chose très bizarre : toutes transportaient ce qui ressemblait à des appareils scientifiques.

L'une portait une grande éprouvette. Une autre, un bec Bunzen. Une troisième avait tout un échantillon de tubes en verre recourbés. Sa voisine trimbalait un drôle d'appareil électrique, avec des fils en cuivre, des interrupteurs magnétiques et un micro-circuit sophistiqué. La dernière de la queue croulait sous un engin qui semblait tout droit sorti d'un livre de science-fiction : une sorte de tuba en verre et acier, avec toute une panoplie de manettes, de boutons et de lumières clignotantes.

« Vous avez un désénergiseur électrostatique ! s'extasia une dame dans la queue. C'est fantastique. Comment l'avez-vous trouvé ?

— Mon petit-fils est physicien nucléaire. C'est lui qui me l'a fabriqué.

— Vous lui avez expliqué à quoi ça devait servir ?

— Non. Un coup de chance, il ne me l'a pas demandé. »

Personne ne faisait attention à Joe. Dans tout l'hôtel, il était le seul à avoir moins de soixante-dix ans. La réceptionniste elle-même avait des cheveux blancs. En temps normal, toutes ces vieilles dames lui auraient caressé les cheveux ou fait des risettes. Or là, au contraire, elles s'arrangeaient pour l'éviter. Joe sentait leurs regards l'effleurer furtivement et le fuir. Personne ne lui adressait la parole. Avaient-elles peur de lui ?

Quelque chose de dur lui piqua les côtes. Joe se retourna d'un bond et se trouva nez à nez avec Bonne-Maman qui lui tendait une clef.

« Tiens, Jasper, dit-elle. Tu as la chambre 45. Va défaire tes bagages. Je te rejoins pour le dîner. Et ne fais pas de sottises. Allez, au trot ! »

Joe prit la clef. Le contact du métal froid le fit frissonner. Le regard de Bonne-Maman plongea fixement dans le sien et, l'espace d'un instant, il y décela une expression gourmande, vorace, comme si ses yeux cherchaient à l'aspirer. Au même instant lui revint en mémoire le terme « désénergiseur électrostatique ». À quoi servait cet engin ?

Et pourquoi avait-il l'horrible certitude que cela avait un rapport avec lui ?

La chambre 45 se trouvait tout en haut de l'hôtel, sous les toits. Les murs étaient mansardés et la fenêtre étroite et basse. Joe défit rapidement ses bagages et partit explorer le *Stilton International*. Jamais il n'avait vu un endroit pareil.

Au sous-sol il y avait une piscine, dont l'eau était tellement chaude qu'une buée épaisse emplissait toute la salle et empêchait de distinguer quoi que ce soit. Pourtant Joe devinait la présence de plusieurs vieilles dames. Il ne pouvait pas les voir, mais il les entendait caqueter dans la vapeur et trottiner sur le carrelage comme des fantômes. À côté de la piscine se trouvait un salon de beauté. Par la porte entrouverte, Joe aperçut une cliente allongée dans une sorte de fauteuil de dentiste, autour duquel s'affairait un petit homme, sans doute un étranger, affublé d'une perruque et d'une moustache mal assorties. La cliente sur laquelle il « travaillait » avait deux rondelles de concombre sur les yeux, deux pailles dans les narines et une épaisse couche de crème blanche sur les lèvres.

« Mais oui, madame Grimstone, disait-il. Pour raviver la beauté de la peau, pour lui redonner sa jeunesse, il faut uniquement des produits naturels. »

Il souleva un seau dont il sortit une pleine poignée d'une substance brune et fumante.

« C'est pourquoi j'utilise la meilleure bouse de buffle. Elle est très riche en minéraux et en vitamines, et permet de retrouver un teint frais et sain. »

Joignant le geste à la parole, il plaqua une couche du produit miracle sur la joue de sa cliente. Joe préféra s'éloigner.

Au rez-de-chaussée, une boutique de mode était prise d'assaut par des clientes du troisième âge, qui s'amusaient à essayer toutes sortes de robes aux couleurs criardes. L'une d'elles était plantée devant un miroir, sanglée (après bien des efforts) dans un justaucorps en peau de léopard incroyablement étroit, avec un haut noir et un bandeau rouge pompier sur le front qui s'harmonisait avec son visage écarlate.

« Superbe, madame Hodgson ! roucoula la vendeuse. Vous êtes éblouissante ! Vraiment, vous ne faites pas vos quatre-vingt-cinq ans ! »

À côté du magasin de vêtements, il y avait une boutique de produits diététiques. La vitrine était remplie de pilules, de flacons, de racines et de poudres bizarres, tout cela destiné à redonner jeunesse et beauté.

« Je recommande tout particulièrement l'ail cru et le cocktail d'algues marines, disait le vendeur. Deux bouchées, et je vous garantis que vous courrez comme un lapin... »

« Pour aller aux toilettes », songea Joe en poursuivant son chemin.

Au bout de vingt minutes, il avait parcouru tout l'hôtel et abouti à deux conclusions indiscutables.

Un : le *Stilton International* était conçu par des personnes âgées, pour des personnes âgées, et dirigé par des personnes âgées.

Deux : toutes les clientes étaient obsédées par l'envie de rajeunir.

Joe ne voyait vraiment pas ce qu'il faisait là.

Cette question le travaillait encore lorsqu'il rejoignit Bonne-Maman pour dîner. Le repas était servi dans une grande salle à manger, où une dizaine de tables rondes étaient occupées chacune par huit ou

neuf mamies. Joe se retrouva bientôt avec les quatre vieilles dames aperçues dans le salon de Thattlebee Hall autour de la table de jeu : mamie Crobe, mamie Rabelle, mamie Molett et mamie Jaurée, plus deux autres qu'il ne connaissait pas. Mamie Molett l'examina pendant de longues minutes à travers ses énormes lunettes, mais aucune ne lui adressa la parole.

En hors-d'œuvre, on leur servit des œufs de caille. Les mamies fondirent dessus comme des loups sur leur proie.

Joe se rappela un vieux dicton qui disait : « Ce n'est pas à une mamie qu'on apprend à gober un œuf. » Pour en vérifier le bien-fondé, il suffisait de voir les quatre-vingt-dix vieilles dames saisir un œuf miniature, fendre la coquille contre leur assiette, et gober le contenu d'une seule lampée. Toute la salle à manger résonna bientôt de leurs « glurps » sonores. Mamie Rabelle – la plus grosse de toutes – raffolait tellement des œufs de caille qu'elle ne prenait même pas la peine d'enlever les coquilles. Joe se demanda si l'on remettrait une médaille à celle qui en goberait le plus grand nombre. Les Tortues d'Or des Vermeils annoncées sur les pancartes récompensaient peut-être les gagnantes d'un concours de ce genre ?

Il se tourna vers Bonne-Maman pour lui poser carrément la question :

« Qu'est-ce que c'est, les Tortues d'Or des Vermeils ?

— Ne t'occupe pas de ça ! répondit-elle sèchement en l'observant d'un air soupçonneux. Ça ne te regarde pas.

— Il est l'heure d'aller au lit, intervint mamie Rabelle en enlevant un morceau de coquille coincé entre ses dents.

— Quelle heure ? demanda mamie Jaurée.

— L'heure pile, répondit Bonne-Maman en consultant sa montre.

— Mais... », commença à protester Joe.

À cet instant, la porte des cuisines s'ouvrit et un serveur apparut. Il portait un grand plat argenté garni d'anguilles pochées et de purée de pommes de terre.

« Finalement, tu as raison, se ravisa Joe. Je me sens un peu fatigué. »

Il se leva de table et quitta la salle, suivi par cent quatre-vingts yeux attentifs (dont trois en verre). Une mamie donna un coup de coude à sa voisine, une autre prononça son nom en pouffant de rire : « C'est Jordan... c'est lui... Le garçon d'Ivy Marmit... »

Au moment où Joe sortait, on servait les premières anguilles. Prises au filet, bouillies, étalées sur un plat... Joe savait exactement ce que les pauvres avaient enduré.

Bien sûr, il ne monta pas se coucher.

À dix heures précises, il se glissa au rez-de-chaussée en évitant de prendre l'ascenseur pour ne pas faire de bruit. L'hôtel était plongé dans la pénombre, la porte d'entrée fermée à clef, le hall désert. La réceptionniste était à son poste derrière son bureau, mais elle dormait.

22 heures. Salle de conférence Elsie Chaudron...

Joe n'avait pas exploré cette salle lors de sa visite de l'hôtel, mais il la trouva sans difficulté en suivant les flèches. Il passa devant le bureau d'accueil, puis devant la boutique de produits diététiques. Au bout d'un couloir tapissé d'une épaisse moquette se dressait une grande porte en bois à double battant, à travers laquelle il entendit une voix de femme, amplifiée par un micro mais étouffée par l'épaisseur de la porte.

« Bienvenue, mesdames et... mesdames, à notre remise annuelle des Tortues d'Or... »

Des applaudissements accueillirent ces paroles.

Prenant son courage – et la poignée – à deux mains, Joe ouvrit la porte et entra dans la salle. Jamais il n'oublierait le spectacle qu'il découvrit alors.

La salle de conférence Elsie Chaudron était immense. C'était une pièce toute en longueur, avec un plafond bas, un plancher en bois et une estrade.

Il y avait environ deux cent cinquante chaises, et toutes étaient occupées. En plus des vieilles dames qui logeaient à l'hôtel, d'autres avaient dû venir de tout le pays. Il y en avait une sur chaque chaise, et parfois deux. Certaines se tenaient debout sur les côtés, ou accroupies devant l'estrade.

L'estrade elle-même était décorée d'une toile de fond dorée, devant laquelle était suspendue une pancarte : TORTUES D'OR DES VERMEILS. Les récompenses étaient en effet de petites tortues dorées, disposées sur une table. Une veille dame était assise derrière un piano, et un vieux monsieur vêtu d'une veste de smoking rouge avec un nœud papillon argenté s'adressait à l'auditoire. Joe crut reconnaître Dan Parnell, un illusionniste qui faisait jadis des tours de magie à la télévision.

Joe se faufila derrière une rangée de projecteurs, tout au fond de la salle, et observa la scène, le souffle coupé.

« Comme vous le savez, poursuivit Dan Parnell, chaque année nous remettons des récompenses à nos amies qui se sont distinguées sur certains terrains.

— Je n'ai été sur aucun terrain ! » s'exclama quelqu'un.

Et toute l'assistance se mit à piailler de rire.

« La tortue vit très, très longtemps, poursuivit Dan Parnell. Et c'est pourquoi nos récompenses se présentent sous forme de tortues. Savez-vous, mesdames, qu'en additionnant les âges de vous toutes, nous arrivons à vingt-deux mille cinq cents ans ! »

Un tonnerre d'applaudissements éclata, accompagné de vivats et de trépignements. Joe vit avec inquiétude les projecteurs trembler. Dan Parnell leva la main pour imposer le silence.

« Mais personne n'aime être vieux. Soyons francs. C'est moche de vieillir. Et pas seulement à cause des rides et des fausses dents, dit-il en ouvrant la bouche pour découvrir les siennes dont l'or étincelait sous les projecteurs. Ni des douleurs et des cheveux blancs. Le plus pénible, c'est de voir les jeunes prendre votre place. Je trouve ça odieux. Nous trouvons tous ça odieux. »

Les applaudissements durèrent cette fois dix bonnes minutes.

« Mais nous pouvons nous venger ! reprit enfin Dan Parnell. Nous pouvons leur barrer la route. Nous pouvons les embêter. Nous pouvons faire bien des choses, à condition d'y réfléchir, et nous amuser. C'est l'objet même de ces récompenses. Nous allons procéder à la remise de prix sans plus attendre. »

Dan Parnell s'approcha de la rangée de tortues posées sur la table. La pianiste égrena quelques accords mélodramatiques. Le public applaudit frénétiquement.

« La première tortue est décernée pour la plus longue attente en autobus. Cette année, la gagnante est Rita Sponge, qui a réussi à retarder de trois quarts d'heure un bus à Piccadilly Circus en montant dedans ! » Les applaudissements crépitèrent, mais Dan Parnell leva la main pour ajouter : « Et elle a prolongé l'attente de vingt minutes en cherchant son ticket. Soit un record d'une heure et huit minutes au total ! »

Mamie Sponge, une grande femme voûtée aux yeux humides et rouges, monta sur l'estrade pour recevoir sa statuette, sous un tonnerre d'applaudissements.

« La deuxième tortue récompense la plus longue file d'attente dans un bureau de poste. Encore un nouveau record, mesdames et mesdames ! Quarante-cinq personnes ont poireauté pendant plus d'une demi-heure à la poste de Bath à cause de Doreen Beavis ! Et l'homme qui se trouvait derrière elle a fait une crise de nerfs. Avancez, Doreen Beavis ! »

Mamie Beavis était une petite femme vive et leste. Elle était tellement contente de sa récompense qu'elle en tomba de l'estrade. Ce qui réjouit l'assistance.

« Nous arrivons maintenant à la tortue de la cliente la plus difficile. La compétition a été serrée, cette année. Toutes nos félicitations à Elise Crabb, qui a passé une journée entière dans le grand magasin Harrods et obtenu une démonstration de tous les lecteurs DVD sans en acheter un seul. Nos félicitations aussi à Betty Brush, qui a acheté vingt grammes de chaque pièce de viande présentée sur l'étal de son supermarché. Cette performance a duré trois heures et fait attendre soixante et une personnes. Elise et Betty ont cependant été coiffées sur le poteau par notre gagnante de l'année dans cette catégorie, Nora Strapp. Elle s'est tellement plainte d'une éponge à récurer achetée dans une grande surface que le directeur, excédé, a fini par se suicider. Bravo, Nora ! »

Tout le monde applaudit, sauf Elise Crabb et Betty Brush. Nora Strapp prit sa tortue et descendit de l'estrade.

Ébahi, Joe assista à la remise des autres prix. L'une couronnait les visites les plus nombreuses et les plus inutiles chez le médecin. Une autre, les appels à la police les plus absurdes. Une mamie fut récompensée pour avoir déclenché une dispute terrible lors d'une cérémonie de mariage, et une autre pour avoir provoqué une violente querelle de famille, si violente qu'elle-même était encore à l'hôpital.

Bonne-Maman ne gagna rien, mais mamie Rabelle reçut une mention honorable pour avoir occasionné de multiples dégâts en essayant d'apporter son aide lors d'un incident banal.

Une heure plus tard, la dernière tortue remise, Dan Parnell quitta la salle sous des applaudissements chaleureux. Joe s'apprêtait à s'esquiver pour regagner sa chambre, lorsqu'une autre participante monta sur l'estrade. C'était la plus vieille de toutes. Le visage terriblement ridé, des cheveux blancs tombant sur les épaules, des mains crochues comme des serres et tremblotantes, d'horribles pustules sur les joues, les yeux vides et délavés, elle devait avoir dépassé cent ans.

« Et maintenant, grinça-t-elle d'une voix râpeuse comme du papier de verre, voilà le moment tant attendu ! Mais avant de poursuivre, laissez-moi vous présenter notre invité... non invité ! »

Notre invité non invité.

Joe devina de qui elle parlait et, tout à coup, il eut à la fois très chaud et très froid. Elle regardait dans sa direction, les yeux aussi amicaux que ceux d'un requin. Il recula.

C'est alors qu'un énorme filet tomba sur lui et l'enveloppa. Il leva la tête et découvrit un balcon sur lequel une dizaine de mamies étaient perchées. Ainsi, elles l'avaient observé à son insu depuis son arrivée. Quatre autres accoururent pour saisir les coins du filet. Joe se débattit, mais en vain. Il était pris dans la nasse comme une morue de l'Atlantique nord.

Il gigota, rua, mais ne réussit qu'à s'entraver davantage. Il se jura de ne plus jamais manger de poisson. Mais il était trop tard.

« Amenez-le ici ! » cria l'ancêtre.

Joe fut traîné sur la scène au milieu du caquetage assourdissant des vieilles.

8

L'Extracteur d'Enzymes

« Vous me connaissez toutes ! » s'exclama l'ancêtre.

Joe gigotait et se débattait sur l'estrade à côté d'elle. Non seulement on l'avait ligoté – ce qui était déjà assez déplaisant – mais on lui avait enfilé une camisole de force, visiblement tricotée à la main dans une laine de couleur rose.

« Mon nom est Elsie Chaudron, poursuivit-elle. Je suis la doyenne de Grande-Bretagne. Cent six ans aujourd'hui ! »

Malgré les applaudissements chaleureux, Elsie Chaudron ne sourit pas. Elle leva une main grise et squelettique pour réclamer le silence.

« J'ai déjà reçu sept télégrammes de la reine.

Sept ! Mais ai-je reçu un seul cadeau ? Non, pas le moindre ! Alors au diable la reine ! »

Elle avança au bord de l'estrade et continua :

« Je suis vieille et, comme vous toutes, mes chères amies, ça ne me fait pas plaisir. Toute ma vie j'y ai pensé. J'avais tellement peur de vieillir que je n'ai pas profité de ma jeunesse. Heureusement, j'étais un brillant chercheur. Par exemple, c'est moi qui ai inventé le téléphone. Vous imaginez ma colère quand ma sœur m'a appelée pour m'annoncer qu'il était déjà inventé. Malgré ça, j'ai quand même inventé la facture de téléphone. Ensuite le compteur électrique, la redevance de télévision et, plus tard, le sabot de Denver.

« Cependant, mon invention la plus géniale a pris soixante ans de ma vie. Elle va voir le jour ici, ce soir même. Chacune de vous, chères vieilles amies, en a apporté un élément, ainsi que je vous l'avais demandé l'année dernière dans cette même salle. Quelle œuvre merveilleuse ! D'une simple ampoule à un circuit de désamorçage électrostatique, d'une pile longue durée à une cuiller à café de carburant nucléaire, chacune a apporté ce que je lui ai demandé. Mais je dois un remerciement spécial à Ivy Marmit. »

Joe cessa de se débattre et braqua un regard noir sur Bonne-Maman, qui était assise au troisième rang, l'air suffisant. Elsie Chaudron la désigna d'un geste et poursuivit son discours :

« C'est Ivy qui nous a fourni l'élément le plus important et, sans doute, le plus délicat. Il est peut-être petit et manque un peu d'hygiène, mais il est bien réel et vivant, du moins pour l'instant. Et il est là. Ivy nous a amené un jeune garçon !

— Un garçon ! Un garçon ! Un garçon ! »

Les vieilles dames étaient plongées dans une extase mystique comme des croyants communiant dans une même prière. Joe sentit le sang lui monter aux joues sous leurs regards fervents, leurs cris aigus, leurs applaudissements, leurs doigts pointés, leurs sourires grimaçants. L'une d'elles était tellement en transes qu'elle tomba de sa chaise à la renverse. Mais, dans l'émoi général, personne n'y prêta attention. Joe espérait que, d'une seconde à l'autre, il se réveillerait de ce terrible cauchemar. Car c'était cela et rien d'autre. Être immobilisé par une camisole de force rose, dans un hôtel du Devonshire, entouré de cinq cents vieilles femmes hurlantes... c'était une situation inimaginable, irréelle.

Et pourtant, Joe ne rêvait pas.

« Maintenant, chères amies, trêve de paroles ! Ne perdons plus de temps ! Passons aux actes ! Faisons ce que nous attendons depuis si long-temps. Laissez-moi vous présenter mon invention.

Mesdames, voici l'Extracteur d'Enzymes Mamima-tique ! »

Des « chut » parcoururent l'assistance quand on tira le rideau doré, dévoilant l'engin installé dans le fond de la scène. Joe fut suffoqué.

D'abord, il pensa à un fauteuil électrique. En effet, il y avait une chaise en bois ordinaire, avec des câbles et des fils qui s'enroulaient autour des pieds et disparaissaient sous le siège. Mais ce n'était pas tout. Un fouillis de tubes et de tuyaux en verre zig-zaguant et s'entrelaçant était relié à une rangée de flacons, certains vides, d'autres remplis d'un liquide vert sombre. Une jauge circulaire, indiquant « VIDE » en bleu et « PLEIN » en rouge, était accro-chée à un entrelacs de fils métalliques, avec une flèche dorée prête à parcourir la distance entre le PLEIN et le VIDE. L'objet aperçu brièvement par Joe dans le hall de l'hôtel, qui ressemblait à une sorte de tuba en verre et en acier, était maintenant sus-pendu au-dessus de la machine. Joe comprit qu'il pouvait s'abaisser sur la tête de la personne qui serait assise là. À son tour, le tuba était connecté à une structure en métal très sophistiquée qui entou-rait la chaise et – Joe sentit sa gorge se nouer – il n'y avait pas moins de treize grosses seringues hypo-dermiques pointées vers l'intérieur, fixées sur la structure à différents niveaux. Joe s'imagina sur l'étrange fauteuil – ce qui ne demandait guère d'efforts d'imagination – et découvrit qu'il y avait deux seringues pointées sur les chevilles, deux sur les genoux, deux sur les cuisses, une sur l'estomac, une sur le bas du dos, deux sur les coudes, deux sur le cou et une – la plus haute – au milieu du front. De véritables seringues de cheval, dorées, avec des torsades magnétiques. Toutes étaient branchées de façon à opérer automatiquement.

L'effrayant appareil était relié à une console de contrôle située à quelques pas, composée de l'arsenal habituel d'écrans, de jauges, de clignotants, de boutons, comme on en voit dans *Star Trek*. À cette seule différence que la console était décorée d'un petit volant en dentelle et d'une fleur en pot, et que l'opérateur disposait d'un fauteuil confortable.

« Emparez-vous de lui ! » ordonna Elsie Chaudron.

Joe rua des quatre fers quand les quatre mamies se jetèrent sur lui avec des gloussements nerveux, la respiration sifflante. Mais c'était sans espoir. Malgré leur grand âge et leur faiblesse, elles étaient quatre et Joe était paralysé par la camisole de force. Elles le traînèrent par les pieds et l'attachèrent sur le siège de torture. Deux lanières de cuir lui bloquèrent les jambes, deux autres le torse, deux autres les bras, et une dernière lui enserra le cou. Il ne pouvait plus rien faire.

Assis face au public, à moitié aveuglé par les pro-

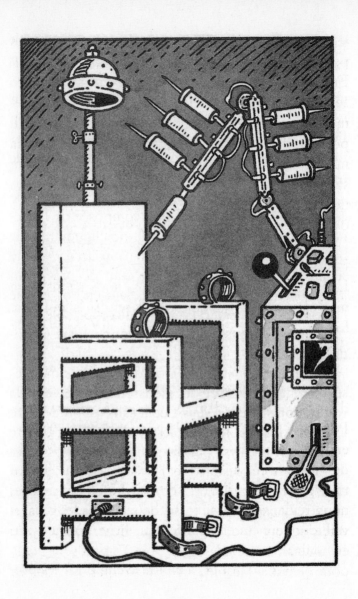

jecteurs braqués sur lui, Joe distinguait à peine les petites têtes rondes semblables à des noix de coco. En revanche, il était très conscient des treize seringues pointées sur lui. Sa main tâtonna vainement à la recherche d'un câble ou d'un circuit qu'il pourrait débrancher, n'importe quoi pour saboter la machine. Mais il était trop étroitement ligoté et le siège infernal avait été trop bien conçu. Il serra les dents et se cala contre le dossier. Il n'y avait rien d'autre à faire que de prendre son mal en patience.

« L'Extracteur d'Enzymes Mamimatique ! répéta Elsie Chaudron en avançant dans la lumière. L'année dernière, souvenez-vous, nous avons testé mon élixir de vie, qui devait nous rendre la jeunesse. La potion contenait plus de cent ingrédients ! Huile d'avocat, ginseng, yaourt, gelée royale, huîtres crues, sang de bœuf, oxyde de fer, zinc, magnésie hydratée, lait de yak, jus de cactus, jaune d'œuf d'autruche, et bien d'autres. Mais ça n'a pas marché. Pourquoi ? Parce qu'il manquait un ingrédient. Les enzymes sont l'essence de la vie. Sans enzymes, pas de vie. Les enzymes de ce garçon, ajoutés à mon merveilleux élixir, inverseront le sens du temps, nous renvoyant aussitôt à notre glorieuse et merveilleuse jeunesse ! Malheureusement, ajouta-t-elle en pointant le doigt sur Joe, l'opération sera fatale pour l'enfant. Mais je suis certaine qu'il ne nous en voudra pas, quand il saura combien il nous rendra heureuses.

— Si, je vous en voudrai ! » cria Joe.

Peine perdue. Elsie Chaudron l'ignora et reprit : « Dans une minute, je vais appuyer sur ce bouton. La machine fera le reste. Elle aspirera les enzymes du cobaye, qui seront acheminés par ces tuyaux, puis soigneusement désinfectés et additionnés à mon élixir que vous voyez là, dit-elle en tapotant les flacons rempli de liquide verdâtre. Avec un seul garçon, j'ai calculé que nous pouvons obtenir cinq cents doses. Toutes les personnes ici présentes en auront ! Une fois l'opération terminée, ajouta Elsie Chaudron avec un soupçon de remords, le garçon sera aussi ratatiné et archicuit qu'une saucisse de cocktail. Si ce spectacle vous dérange, je vous suggère de ne pas regarder.

— Moi, ça me dérange ! » hurla Joe.

Mais Elsie Chaudron s'était déjà penchée sur lui pour abaisser l'espèce de tuba au-dessus de sa tête.

« Un petit massage électrique, murmura-t-elle. C'est très douloureux, mais ça facilite l'écoulement des enzymes.

— Vous êtes folle !

— Comment oses-tu parler ainsi à une vieille dame ? » dit Elsie Chaudron en souriant, son visage tout près du sien.

Joe vit sa langue grisâtre sortir de sa bouche

comme une limace moribonde, puis se recourber pour lécher ses dents décolorées. Soudain, il se sentit plus écoeuré qu'effrayé.

« C'est le moment ! chantonna Elsie Chaudron.

— Oui ! s'exclamèrent en chœur les vieilles femmes.

— Non ! » cria Joe en bandant tous ses muscles, comprimés par les lanières en cuir.

Elsie Chaudron gambada jusqu'à la console et s'assit dans le fauteuil. Elle leva les mains, s'assouplit les doigts comme une pianiste avant un concert. Joe entendit craquer les os de ses jointures.

Puis elle abattit ses mains sur les manettes.

La machine bourdonna et s'anima. Dans les flacons, le liquide vert bouillonna. Les ampoules clignotèrent. Les lanières de cuir parurent se resserrer sur Joe, mais peut-être était-ce son corps qui se raidissait d'angoisse. Le courant électrique grésilla à travers l'espèce de casque-tuba, qui commença à chauffer contre sa tête. Joe agrippa les accoudoirs en voyant les seringues hypodermiques s'animer l'une après l'autre, puis, lentement, avancer. La flèche de la jauge frémit. L'appareil tout entier se mit à vibrer sous les regards hypnotisés de l'assistance.

Les seringues hypodermiques continuaient leur progression.

Les yeux exorbités, le visage grimaçant de plaisir, Elsie Chaudron poussa une manette.

Le liquide vert se mit à ondoyer et bouillonner

dans les flacons. Les aiguilles recommencèrent à bouger.

Joe ouvrit la bouche pour crier.

Et, soudain, les lumières s'éteignirent et tout s'arrêta.

Pendant un long moment, personne ne bougea. Puis la voix d'Elsie Chaudron s'éleva dans l'obscurité.

« Pas de panique ! C'est juste un fusible qui a sauté. Nous allons réparer ça tout de suite ! »

Mais tandis qu'elle parlait, Joe eut conscience d'une présence près de lui. Un souffle tiède lui effleura la joue. Deux mains défirent la sangle qui lui maintenait le cou, puis celles de ses bras. Et une voix qui lui était familière, une voix de femme, lui chuchota à l'oreille :

« Sauve-toi, Joe ! Fuis cet endroit et rentre à Londres. Tu peux y arriver ! »

Les dernières lanières tombèrent et une lame fendit d'un seul trait la camisole de force. Puis Joe comprit que son mystérieux sauveur avait disparu et qu'il se trouvait à nouveau tout seul. Il se leva.

C'est alors que la lumière revint. L'Extracteur d'Enzymes se remit en branle.

À quelques pas de lui, le visage tordu par la fureur, Elsie Chaudron le regardait. « Arrêtez-le ! » cria-t-elle d'une voix stridente qui aurait pu casser une vitre. « Il s'enfuit ! » Et elle plongea en avant pour le saisir.

Joe fit la seule chose qu'il pouvait faire. Il se jeta de côté et poussa Elsie de toutes ses forces. Avec un petit cri de désespoir, elle tomba à la renverse dans le siège de l'extracteur, à l'instant précis où les treize seringues jaillissaient comme des serpents en colère. Joe ne vit pas la suite. Il courait déjà vers le bord de la scène à la recherche d'une issue. Il eut juste le temps d'entendre l'ultime hurlement d'Elsie lorsque les aiguilles lui perforèrent le corps. Un cri déchirant s'éleva dans le public, puis il y eut des bruits de succion et des glouglous. L'Extracteur d'Enzymes accomplissait son œuvre.

Elsie Chaudron ne recevrait plus jamais de télégramme royal. N'ayant pas réussi à trouver d'enzymes en elle, la machine avait extrait tout le reste. Il ne subsistait rien de la doyenne, à l'exception de ses vêtements, percés par treize trous, qui formaient sur le siège un petit tas d'où s'élevaient quelques volutes de fumée noire. Un horrible liquide boueux circulait dans l'entrelacs de tuyaux et giclait dans les bouteilles.

Dans la salle, les mamies gémissaient, criaient, se mordaient mutuellement, désespérées et impuissantes. La machine, qui en avait terminé avec Elsie Chaudron, était maintenant secouée de soubresauts alarmants, comme si elle essayait de se libérer. À quelques pas de là, Joe venait de trouver une issue de secours. Il empoigna le métal froid de la poignée et poussa. Par chance, la porte n'était pas verrouillée. Il déboucha dans l'air frais de la nuit, hébété et titubant.

C'est à ce moment précis que l'extracteur explosa. Un souffle chaud propulsa Joe en avant. Il fit un double saut périlleux et atterrit dans un massif de fleurs. Il tenta de se relever, grimaça de douleur, et se couvrit la tête des deux bras pour se protéger de la pluie de briques, de tuiles, de fenêtres, de perruques et de fausses dents qui s'abattait autour de lui. Le déluge lui parut durer une éternité, mais enfin le silence se fit et, lentement, péniblement, il se releva.

Le Stilton International était en partie détruit. Il ne restait rien de la salle de conférence Elsie Chaudron. Aucune survivante. La scène rappelait à Joe les photos qu'il avait vues de la Seconde Guerre mondiale : murs effondrés, fumée épaisse, feux épars au milieu des décombres. Les pompiers et les ambulances avaient été alertés. Leurs sirènes résonnaient au loin.

Puis, dans les décombres, quelqu'un remua. Une silhouette avança en boitant dans la fumée, toussant et crachant. Joe voulut courir mais il s'était foulé la cheville. Pétrifié, il regarda la silhouette approcher.

C'était Bonne-Maman.

Joe n'était pas vraiment surpris qu'elle eût survécu. Cependant elle ne sortait pas indemne de l'explosion. Elle avait perdu une grande touffe de cheveux et ses dernières dents, ses bras et ses jambes étaient couverts d'hématomes et de coupures, son manteau de vingt-sept ans d'âge pendait sur elle en lambeaux.

Joe et Bonne-Maman se dévisagèrent, seuls au milieu des gravats. Bonne-Maman fut la première à rompre le silence.

« Tu vas bien, Jamie chéri ?

— Je m'appelle Joe et je ne suis pas ton chéri !

— Oh, mais si, tu l'es ! répondit Bonne-Maman en jetant un regard vacillant sur ce qui avait été la salle Elsie Chaudron. Nous avons de la chance, tous les deux. Nous sommes les seuls rescapés d'un effroyable accident.

— Un accident ?

— Oui, sans doute une explosion de gaz. Quelqu'un a dû laisser un four allumé.

— Je dirai la vérité ! »

Bonne-Maman esquissa un sourire.

« Tu pourras toujours raconter ta version des faits, mais penses-tu sincèrement que l'on te croira ? Toi, un gamin de douze ans ! Ils te prendront pour un fou, Jeffrey, et ils t'enfermeront. »

Joe contempla les débris de l'hôtel et comprit qu'elle avait raison. Il ne restait rien de l'Extracteur d'Enzymes et, même si on retrouvait des fragments de tubes et de valves, quel expert serait capable de deviner à quoi ils avaient servi ? D'ailleurs, les flammes se frayaient déjà un chemin entre les décombres.

Bonne-Maman avança d'un pas. Joe lui tint tête.

« Tu as peut-être raison, admit-il. Mais tu ne peux plus me faire de mal. Je sais qui tu es. Et puis, un jour...

— Un jour, quoi ? »

Malgré ce qui s'était passé, Joe était encore trop gentil pour dire le fond de sa pensée. Mais Bonne-Maman le formula à sa place :

« Un jour, je mourrai. C'est ça ? C'est bien ce que tu penses ? » Elle se fendit d'un sourire édenté dans le clair de lune. La fumée de la bâtisse en ruine s'enroulait autour de ses chevilles. « Oui, c'est vrai. Même moi, je ne vivrai pas éternellement. Pourtant, Joe, jamais tu ne seras débarrassé de moi. Parce que, vois-tu, même morte, je reviendrai. Je reviendrai te hanter et tu ne pourras rien contre ça.

— Tu mens », dit Joe à voix basse.

Les voitures de pompiers approchaient. On les entendait gravir la colline.

« Oh non, je ne mens pas ! Je ne resterai pas coincée dans ma tombe bien longtemps. Je reviendrai, tu peux me croire. Juste au moment où tu t'y atten-

dras le moins... On s'amusera bien, tous les deux, tu verras. »

Une demi-minute plus tard, les pompiers étaient là, suivis de près par la police. Sur les lieux du drame, ils découvrirent une vieille dame qui les attendait, debout, dans le jardin. Un garçon de douze ans gisait dans l'herbe.

« Occupez-vous de mon petit-fils, dit-elle d'une voix chevrotante tandis qu'ils l'enveloppaient d'une couverture. Il a dû s'évanouir. C'est sûrement le choc. »

9

Adieu, Bonne-Maman

Quelques jours plus tard, M. et Mme Warden
revinrent de la Côte d'Azur. Ils n'avaient pas
passé de bonnes vacances. M. Warden s'était
endormi au soleil et souffrait d'horribles brû-
lures. Son crâne chauve était d'un rouge écarlate,
trois couches de peau avaient déjà pelé sur son
nez, et il ne pouvait pas s'asseoir sans pousser
des hurlements de douleur. Mme Warden, elle,
avait été dévorée par les moustiques. Attirée par
le parfum de son lait de toilette, une armée de
trois cents insectes avait envahi son lit et l'avait
piquée des talons jusqu'aux oreilles. Son visage
était tout particulièrement boursouflé. En

s'éveillant à son côté le lendemain matin, M. Warden n'avait pu retenir un cri d'effroi.

Wolfgang et Irma revinrent de Hongrie le jour suivant. Ils avaient passé quatre semaines si agréables qu'ils ne savaient plus parler anglais. Ils avaient rapporté un souvenir de Hongrie pour chacun : une betterave pour M. Warden, un recueil de poésie hongroise pour madame, des bonnets en fourrure pour Bonne-Maman et Joe.

Pour ce qui était de Bonne-Maman, Joe l'avait très peu vue depuis leur retour de Bideford. On les avait relâchés de l'hôpital après une nuit d'examen, et ils étaient rentrés à Londres par le premier train. La police les avait interrogés, mais l'un et l'autre avaient prétendu qu'ils dormaient au moment de l'explosion. Joe avait menti à regret, mais il n'avait pas le choix. Personne n'aurait cru une histoire aussi folle, racontée par un enfant de douze ans...

Le récit du drame, dans les journaux du lendemain, arracha à Joe un sourire désabusé. Depuis longtemps, il se doutait qu'il ne fallait pas croire la moitié de ce qu'on lit dans la presse, mais désormais il était sûr que tout ça n'était qu'un tissu de mensonges.

300 VIEILLES DAMES PÉRISSENT DANS UN HÔTEL
UN FUSIBLE RESPONSABLE DE L'EXPLOSION DE BIDEFORD
LE PAYS PLEURE SES GRAND-MÈRES
LA REINE MÈRE ENVOIE UN TÉLÉGRAMME DE SYMPATHIE

Joe était resté seul à Thattlebee Hall avec Bonne-Maman pendant cinq jours, mais c'est à peine s'il l'avait entrevue. Et, dès le retour de ses parents, elle était partie sans même lui dire au revoir.

Pourtant, elle s'était débrouillée pour lui jouer un dernier mauvais tour.

Le dimanche, en effet, la nouvelle gouvernante se présenta. Apparemment, Bonne-Maman avait reçu plusieurs candidates. Celle qu'elle avait choisie était une femme petite et moche, sans aucun maquillage, vêtue d'une robe qui semblait taillée dans un sac à pommes de terre. Ses cheveux étaient gris comme tout le reste de sa personne. Elle s'appelait Mme Coudefouet.

« Mlle Coudefouet ! annonça Wolfgang en lui ouvrant la porte.

— J'ai dit "madame" », rectifia l'intéressée en laissant tomber sa valise sur le pied du domestique.

On apprit que Mme Coudefouet avait travaillé pendant seize ans comme assistante sociale avant de se lancer dans la politique. Elle s'était présentée sept fois aux élections législatives au nom du parti de la Gauche Extrême. Au dernier scrutin, elle avait obtenu quatre voix, contre vingt-six mille cinq cent quatre-vingts au vainqueur. Malgré cela, elle avait exigé que l'on recompte les bulletins de vote. Végétarienne convaincue, Mme Coudefouet fondit en larmes à la vue des chaussures en cuir de Joe. M. et Mme Warden éprouvèrent d'emblée quelques réserves à son égard, mais comme Bonne-Maman avait signé le contrat d'engagement, ils ne pouvaient pas grand-chose. On montra donc sa chambre à Mme Coudefouet, qui la déclara aussitôt « zone antinucléaire », et arracha le papier peint, croyant, par erreur, qu'il avait été fabriqué avec du bois de la forêt amazonienne.

Le lundi suivant, à son grand soulagement, Joe retourna à l'école. Il avait très peu dormi depuis l'horrible soirée de Bideford et de grands cernes noirs lui creusaient les orbites. Ce n'était pas l'Extracteur d'Enzymes qui l'obsédait. Le souvenir s'effaçait peu à peu. Non, le plus obsédant était sa conversation avec Bonne-Maman devant les décombres de l'hôtel. La nuit, quand il était couché, ses paroles restaient suspendues au-dessus de sa tête comme une toile d'araignée, et il avait l'impression que ses petits yeux ronds et son sourire grimaçant le traquaient en permanence. Désormais, il se surprenait à redouter bien plus Bonne-Maman morte que Bonne-Maman vivante.

Bien entendu, c'était précisément ce qu'elle voulait. Seul dans sa chambre, Joe comptait les heures jusqu'à l'aube, et les jours qui le séparaient de la rentrée des classes. Enfin il se retrouverait au milieu de gens jeunes, joyeux, normaux, dont la présence le rassurerait. Avec eux, tout se passait bien. Les personnes plus âgées – le principal, la dame de la cantine, le gardien, l'agent de circulation devant le collège – appartenaient désormais à un autre monde, un monde crépusculaire, qui lui inspirait de la crainte.

Les jours s'écoulèrent. Pendant quelque temps, rien d'anormal ne survint.

Puis, un beau matin, Bonne-Maman tomba malade.

Joe apprit la nouvelle un après-midi, alors qu'il était en classe. Il fut convoqué dans le bureau du principal, M. Ellis, un homme aux cheveux blancs, d'une soixantaine d'années, qui avait enseigné pendant quarante-quatre ans malgré une allergie incurable aux enfants. Il était vautré dans un énorme fauteuil en cuir derrière son bureau.

« Asseyez-vous, Warden, dit-il. Asseyez-vous. »

Joe comprit qu'il se passait quelque chose de grave. M. Ellis éternua.

« J'ai de mauvaises nouvelles pour vous, Warden. C'est votre grand-mère...

— Elle n'est pas morte, j'espère ? s'écria Joe.

— Non, non ! » répondit le principal, surpris par sa réaction. Il éternua encore deux fois et se tassa un peu plus dans son fauteuil. « Non, elle n'est pas morte mais... c'est assez grave. Une pneumonie.

— Il ne faut pas qu'elle meure ! Il ne faut pas, gémit Joe.

— Je dois avouer, dit M. Ellis d'un ton embarrassé, qu'il est rare de voir un garçon aussi attaché à sa grand-mère. » Il tira un mouchoir de sa poche et se tamponna un œil. « C'est tout à votre honneur, Warden. Je suis sûr qu'elle va se rétablir. Cependant... je pense qu'il serait préférable que vous retourniez chez vous. »

Joe rentra donc en début d'après-midi. La nouvelle gouvernante était dans sa chambre, en train de peindre des triangles roses sur les murs en signe de soutien au mouvement gay. Elle avait également fait don de son lit et de ses livres aux mineurs cubains.

« Comment va Bonne-Maman ? » demanda Joe.

Mme Coudefouet se renfrogna.

« Son nom est Mme Marmit ! répliqua-t-elle d'un ton sec. "Bonne-Maman" est un terme sexiste et insultant pour les personnes âgées.

— Comment va-t-elle ?

— Je ne suis pas au courant. J'ignore pourquoi, mais vos parents refusent de me parler. »

Pendant les jours qui suivirent, il y eut de nombreuses allées et venues à Thattlebee Hall. Jour et nuit, on entendait claquer des portières de voitures. M. et Mme Warden parlaient à voix basse. Personne ne disait rien à Joe. Il comprit que la situation devenait vraiment sérieuse en voyant débarquer ses

oncles David et Kurt. La famille ne venait à Thattlebee Hall que pour Noël et les enterrements, or
Noël était passé depuis longtemps. En écoutant derrière une porte, Joe apprit que la pneumonie de
Bonne-Maman avait empiré, et que les médecins ne
lui donnaient plus guère d'espoir. Déjà, les oncles
David et Kurt se disputaient au sujet du testament.

Le vendredi matin, la nouvelle arriva. Bonne-
Maman était morte pendant son sommeil.

Wolfgang et Irma servirent le petit déjeuner en
larmes. Pendant ce temps, imitant les coutumes
funèbres des Indiens Tramuhara, Mme Coudefouet
sortit danser dans le jardin et mit le feu au cabanon
d'été. En fin de matinée, après le départ des pompiers, Mme Warden se rendit chez Harods pour
acheter une robe noire signée Yves Saint-Laurent,
avec une tunique en crêpe, un voile noir et quelques
ornements en strass. M. Warden passa une grande
partie de son temps au téléphone, puis il but une
bouteille entière de champagne. Irma supposa qu'il
noyait son chagrin, mais Joe en doutait. En tout cas,
quand on le transporta dans son lit, son père chantait joyeusement.

Les funérailles eurent lieu le dimanche. Il faisait
un temps épouvantable. Les membres de la famille
– les Warden et les Marmit – durent affronter le
vent et la pluie pour suivre le cercueil jusqu'au cime-
tière. Tout le monde était là. Michael, David, Kurt

et Nita avec les quatre cousins de Joe – en short noir, leurs jambes nues dégoulinantes de pluie. Mais aussi la petite tante Cissie, le gros cousin Sidney et oncle Geoff, toujours aussi nerveux, et bien d'autres, que Joe ne reconnaissait pas. Oncle Fred était même venu du Texas.

Prudent, le vicaire écourta son sermon. Il faisait vraiment trop mauvais temps. Au bout de deux minutes, une bourrasque particulièrement violente poussa tante Cissie dans la tombe béante. La pluie, qui tombait à verse, délava entièrement le costume d'oncle Fred qui barbota bientôt au milieu d'une flaque bleue. Vers la moitié de la cérémonie, un grand éclair zébra le ciel et oncle David eut une crise d'épilepsie. Les quatre cousins de Joe partirent prématurément pour cause d'engelures. Le vicaire lui-même paraissait alarmé et prononça presque tout le service de travers. En bref, ce fut un vrai désastre.

Pourtant, d'une certaine manière, les jours suivants furent pires encore. On avait tenu Joe à l'écart de tout ça, sous prétexte qu'il était trop jeune pour comprendre les funérailles, la mort, et le reste. Quant à Mme Coudefouet, on l'avait mise à la porte parce qu'elle avait déclaré à Mme Warden que sa mère n'était pas morte mais « recyclée ». Un silence pesant s'était abattu sur Thattlebee Hall. Non pas parce que la maison était en deuil – ce qui aurait été compréhensible –, mais parce qu'une chose singulière et inexplicable se produisait.

Joe était terrifié.

« Je reviendrai... »

Que faire ? Impossible de dormir. Il n'arrivait même pas à se détendre. Il avait tellement maigri qu'il lui fallait regarder à deux fois dans le miroir pour se trouver. Il s'attendait à voir réapparaître Bonne-Maman à tout moment. Comment ferait-elle ? Est-ce qu'elle se creuserait un passage pour sortir de sa tombe et reviendrait à la maison, dégoulinante de boue ? Ou bien allait-elle se matérialiser soudain dans sa chambre, une nuit, et flotter au-dessus du lit de Joe ? Pas une seconde il ne douta du retour prochain de la défunte. Elle l'avait juré, et avec une détermination implacable.

Comme c'était prévisible, Joe tomba malade. Sa température atteignit 40°, il transpirait à grosses gouttes et s'agitait dans son lit. Il ne mangea pas pendant une semaine et Wolfgang – au grand émerveillement de tous – utilisa ses côtes proéminentes pour exercer ses talents de joueur de xylophone. On fit venir des médecins qui, après avoir écouté ses râles enfiévrés, diagnostiquèrent un traumatisme dû à la mort de sa grand-mère. En fait, on avait l'impression que Joe s'apprêtait à la rejoindre.

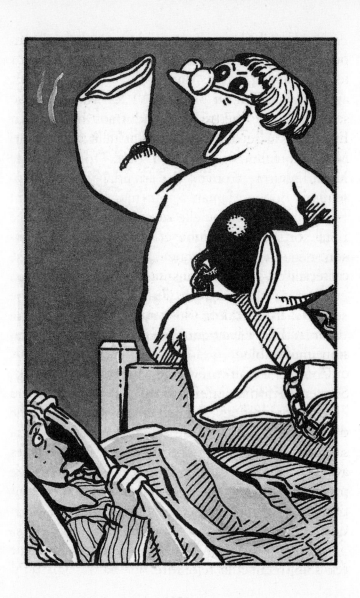

Quand il retrouvait son calme, il en profitait pour réfléchir. Il savait qu'il avait peur, qu'il était terrifié par les paroles de Bonne-Maman. Il savait aussi qu'il devait en parler à quelqu'un. C'était le seul moyen de mettre un terme à son cauchemar. En parler à quelqu'un qui l'aiderait à faire front. Mais à qui se confier. Ses parents ? Impossible. Mme Jinks et M. Lampy étaient morts. Joe était seul.

C'est alors qu'arriva la carte postale.

Elle représentait une vue de Bideford et lui était adressée. Au verso, rédigé en majuscules nettes et carrées, il y avait ce simple message :

LA VÉRITÉ FINIT TOUJOURS PAR ÉCLATER.

Rien d'autre. Pas de signature.

Joe réfléchit longuement et intensément. Il se souvenait d'avoir déjà entendu ces mots, mais où ? Le seul indice était la photo de Bideford. Souvent il s'était demandé qui l'avait délivré de l'Extracteur d'Enzymes au moment de la panne d'électricité, et alors il s'était repassé la voix dans sa tête. Il en avait conclu qu'une des mamies avait eu pitié de lui, mais qu'elle avait elle aussi péri dans l'explosion. Maintenant, il n'en était plus si sûr. « La vérité finit toujours par éclater. » Qui lui avait dit cela, et quand ?

Rasséréné par la carte postale, Joe commença à se rétablir. Non seulement il savait maintenant qu'il avait un ami inconnu, mais il croyait sincèrement au message de la carte. La vérité était essentielle. La vérité importait bien plus que le fait d'avoir douze ans et de raconter une histoire en apparence loufoque. Les gens comme Bonne-Maman, qui étaient en réalité des tyrans, survivaient parce qu'ils se cachaient derrière la vérité. Dès qu'on les perçait à jour, ils perdaient leur pouvoir.

Un soir – une semaine après les funérailles de Bonne-Maman –, Joe sortit de son lit et descendit au rez-de-chaussée. Ses parents regardaient la télévision dans le petit salon. C'était l'émission économique préférée de M. Warden, mais Joe osa quand même pousser la porte.

Il éteignit la télévision sans demander la permission et leur raconta tout. Il expliqua tout ce qui s'était passé depuis Noël et l'incident du robot. Il leur parla du lait caillé, de la mort de Mme Jinks, de ses doutes sur l'accident de M. Lampy. Il leur dit ce qui s'était véritablement passé à Bideford, ce qui avait causé l'explosion et comment il y avait réchappé.

M. et Mme Warden l'écoutèrent dans un silence total, mais dès qu'il eut terminé, Mme Warden se leva.

« C'est tout ?

— Oui », répondit Joe en baissant les yeux.

Soudain, la pièce lui parut aussi glaciale qu'un

réfrigérateur. La colère de sa mère lui glaçait les os.

« Tu te rends compte que c'est de ma mère que tu parles, Jordan ?

— Oui. »

Mme Warden laissa échapper un sanglot.

« Nous en discuterons demain matin, reprit-elle en se dirigeant vers la porte, le nez en l'air.

— Regarde où tu marches ! » cria M. Warden.

Trop tard. Mme Warden heurta le coin de la porte. Il y eut un bruit sourd, puis elle sortit.

« Tu vois ce que tu as fait ! aboya M. Warden à l'adresse de Joe en écrasant rageusement son cigare à peine entamé. Tu as perdu la boule ?

— Père, je...

— J'en ai entendu des histoires farfelues au cours de ma vie. Mais celle-là, c'est le bouquet ! Nous en reparlerons demain matin, jeune homme. Pour l'instant, je vais boire un lait chaud et monter me coucher. Tu ferais bien d'en faire autant. »

Joe regarda son père s'éloigner. Pour la première fois depuis des années il sentit des larmes lui brûler les paupières.

« Je déteste cette maison, murmura-t-il. Je les déteste tous. »

Il déchira la carte postale qu'il tenait encore à la main. Peu importait qui lui avait écrit. Personne ne le croirait. Il n'était rien. Il n'était personne.

C'était ça la vérité.

Plus tard, ce même soir, M. et Mme Warden reposaient dans leur lit. M. Warden avait finalement renoncé au lait chaud et sirotait un cognac. Mme Warden avait appliqué sur son visage une poche de glace pour résorber l'hématome qui s'était épanoui après sa rencontre brutale avec la porte.

« Cette histoire est ridicule, marmonna M. Warden.

— Absurde, acquiesça Mme Warden.

— Insultante.

— Monstrueuse.

— Ta mère... ne se serait jamais conduite ainsi !

— Certainement pas !

— Non, sûrement pas. »

Suivit un long silence.

« Il est vrai qu'elle a été assez odieuse envers moi une ou deux fois, reprit M. Warden à mi-voix. Je l'adorais, bien sûr. C'était ta mère. Mais... elle était parfois assez difficile.

— C'est vrai, oui, admit Mme Warden.

— En fait, elle ne m'a jamais aimé. Quand j'ai demandé ta main, elle m'a renversé du thé brûlant sur les genoux. Et tu te souviens de son cadeau de mariage ? Une boîte de surimi... ce n'était pas très généreux.

— Elle pouvait faire pire, murmura Mme Warden. Quand j'étais petite, elle m'a obligée à partager ma chambre avec deux locataires. L'un deux, M. Baster, avait des manies assez répugnantes. Et puis jamais elle ne m'emmenait en promenade. Jamais.

— Vraiment ? s'étonna M. Warden, sincèrement surpris.

— Pas même pour faire les magasins. Elle n'avait jamais de temps à me consacrer. Un jour, elle m'a avoué qu'elle n'avait pas désiré d'enfant. Elle a même essayé de m'abandonner en me déposant dans un panier devant un poste de police.

— Seigneur ! C'est épouvantable !

— C'était surtout très gênant. J'avais seize ans, à l'époque !

— Pourtant, ton père l'adorait, remarqua M. Warden.

— Oui, il l'adorait vraiment. Mais il a commis un jour l'erreur d'oublier leur anniversaire de mariage, et elle ne lui a plus jamais adressé la parole.

— C'était une femme dure.

— Oh oui ! »

Nouveau silence. M. Warden prit un glaçon dans

la poche de glace pressée sur la joue de sa femme et le mit dans son cognac.

« Après tout, l'histoire de Jordan est peut-être vraie, reprit-il.

— Oui, c'est possible.

— C'était une femme dure.

— Très dure. »

Sur la cheminée, la pendule sonna dix heures alors qu'il n'était que neuf heures et demie. Elle déraillait depuis que Bonne-Maman, dans un accès de rage, avait tapé dessus.

« C'est triste qu'elle soit morte comme ça.

— Terrible.

— Tragique.

— Épouvantable.

— Horrible. Elle va me manquer, dit M. Warden en avalant une généreuse gorgée de cognac.

— C'est vrai ?

— Eh bien... un peu. Enfin, pour être tout à fait franc, ma chérie, je ne l'aimais pas à cent pour cent.

— Pas à cent pour cent ?

— Non.

— Cinquante pour cent ?

— Même pas, admit M. Warden avec une grimace. Je sais que c'est terrible à dire, mon ange, mais non. Si tu veux la vérité, je n'aimais pas du tout ta mère. »

Mme Warden retira de sa joue la poche de glace, qui était presque fondue, et dit :

« Moi non plus.

— Comment ?

— Oh, Gordon, j'ai honte ! Elle était ma mère et pourtant, je dois l'admettre, je ne l'aimais pas.

— Je n'attendais pas ses visites avec enthousiasme.

— Et moi je les redoutais.

— Je les détestais !

— Je les avais en horreur ! »

M. et Mme Warden se regardèrent. En cet instant – peut-être le premier instant de sincérité totale qu'ils partageaient en vingt ans de mariage –, ils comprirent beaucoup de choses.

D'abord ils comprirent qu'ils s'étaient menti l'un à l'autre. Ensuite, qu'ils s'étaient menti à eux-mêmes. Cette ambiance si singulière, inconfortable et inexplicable pendant leur deuil, s'expliquait justement parce qu'ils ne se sentaient pas en deuil. Ils ne se réjouissaient pas de la mort de la vieille Ivy Marmit, bien sûr (jamais ils ne se seraient réjouis de la mort de quiconque), mais ils ne pouvaient pas prétendre honnêtement qu'ils la pleuraient ni qu'elle leur manquait. Tout était mensonge.

Leur mariage aussi était pourri par le mensonge. Ils s'en apercevaient maintenant, assis
dans leur lit, contemplant d'un regard morne la
poche de glace de Mme Warden qui s'égouttait
sur la couverture chauffante. Sans oser l'expri-
mer, ils comprenaient qu'ils étaient arrivés à un
tournant de leur vie. Mme Warden commençait à
se demander si elle n'avait pas traité son fils
unique un peu comme sa propre mère l'avait
traitée. De son côté, M. Warden se demandait
quel genre de père il avait été. Quel genre de
mari. Quel genre d'homme. Le mensonge avait
tout empoisonné.

Alors, la même pensée les frappa au même instant.

« Cette histoire au sujet de son... retour, commença M. Warden.

— Non, elle ne peut pas, murmura Mme Warden. Gardons la tête froide, mon chéri. Nous
sommes des adultes. C'est impossible.

— Absurde.

— Insensé.

— Grotesque. »

M. et Mme Warden se rapprochèrent l'un de
l'autre. M. Warden prit Mme Warden dans ses bras.
Mme Warden enlaça M. Warden. Soudain il y eut
un grésillement, une étincelle, et toutes les lumières
de la maison s'éteignirent. Un court-circuit dans la

couverture chauffante. Les parents de Joe furent plongés dans les ténèbres.

« Elle ne reviendra pas, dit M. Warden d'une voix tremblotante. Ce n'est pas possible... »

Mais ils se tenaient encore étroitement serrés l'un contre l'autre lorsque l'aube pointa et que les premières lueurs annoncèrent un jour nouveau.

10

Bonne-Maman, le retour

Chose bizarre, Bonne-Maman n'était pas morte. Voici ce qui s'était passé.

Elle avait bel et bien attrapé un mauvais rhume et, après deux ou trois éternuements, elle avait appelé une ambulance pour se faire conduire à l'hôpital. Une fois l'ambulance arrivée, se jugeant trop malade pour marcher, elle avait exigé qu'on la transporte sur une civière jusqu'à la voiture. C'est alors que s'était produit un malencontreux incident.

Au moment où les ambulanciers sortaient la civière de l'immeuble, un voisin qui passait les interpella pour leur demander l'heure. Les deux hommes levèrent machinalement le poignet. Erreur fatale. Le brancard bascula, Bonne-Maman glissa en poussant un cri d'effroi, et dégringola dans une grosse flaque d'eau. Résultat : à son arrivée à l'hôpital, son rhume s'était transformé en pneumonie et on lui attribua un lit.

Toutefois ses jours n'étaient pas en danger. Les médecins envisageaient de la garder deux ou trois jours, et Bonne-Maman s'installa confortablement, avec son gilet en fourrure et son magazine préféré.

On l'avait placée dans un service de médecine générale, au pavillon de gériatrie. Les huit lits étaient donc occupés par des personnes âgées. On trouvait même deux malades couchées tête bêche dans un même lit : comme toujours, l'Assistance publique avait du mal à faire face. Pourtant, en dépit de l'affluence, les infirmières et les médecins travaillaient avec dévouement et personne ne se plaignait.

Personne, sauf la voisine de lit de Bonne-Maman.

Marjory Henslow était une directrice d'école à la retraite. Ayant passé sa vie entière à donner des ordres, elle n'était pas disposée à en recevoir. Le visage figé dans une grimace de perpétuel reproche, elle traitait les infirmières, les aides-soignantes et les autres patientes comme des élèves désobéissantes. Elle avait des opinions sur tout et n'importe quoi, et les exprimait à longueur de journée et de nuit.

« Mme Thatcher ? Mais c'était une femme formidable ! Elle leur a donné une bonne leçon, pendant la guerre du Golfe ! C'est comme ça qu'il faut traiter les cheminots. Quelques missiles Exocet et ils comprennent ! Moi, je les ferais tous sauter. Et les mineurs ! Moi, je dis qu'il faut fermer toutes les mines. Qu'est-ce qu'on a contre l'énergie nucléaire ? On n'a qu'à laisser tomber des bombes atomiques sur les mineurs, les enseignants et les cheminots. Bing ! Bang ! Boom ! Quand j'étais directrice d'école, je fouettais tout le monde. Même les autres membres du personnel. On fouette bien la crème fraîche ! Quelques bons coups de fouet redonneraient de la grandeur à notre pays. Ça ne s'appelle pas la GRANDE-Bretagne pour rien ! »

Et la litanie continuait ainsi vingt-quatre heures sur vingt-quatre, car Marjory Henslow parlait aussi pendant son sommeil. On comprend pourquoi elle était la seule malade du service à n'avoir ni fleurs, ni fruits, ni visites. Personne ne l'aimait.

Un soir, elle prit Bonne-Maman à témoin.

« Cet endroit est épouvantable. Je ne serais pas venue là si je n'étais pas malade. Ces infirmières ! Il y a même des femmes de couleur, vous avez vu ! Ce n'est pas que je sois raciste mais... Les nazis avaient quand même quelques bonnes idées...

— Peut-être, oui, acquiesça Bonne-Maman.

— Ce service est lugubre et inconfortable au possible, maugréa Marjory Henslow en se penchant vers elle. Figurez-vous que, demain, on va me transférer ailleurs.

— Ah bon ?

— Oui, ma chère. J'ai une assurance médicale complémentaire. Il y a eu une confusion et on m'a envoyée ici par erreur. Je vais aller dans une clinique privée, en dehors de Londres. Ce n'est pas trop tôt ! Et je ne regretterai rien, vous pouvez me croire !

— Vous avez de la chance, grommela Bonne-Maman, qui commençait elle aussi à trouver que l'hôpital manquait un peu de confort.

— Une sacrée chance, vous pouvez le dire. Demain, je serai dans ma chambre particulière, avec une jolie vue et une télévision grand écran. Il paraît que la nourriture est délicieuse. Ils se fournissent chez Harods. On peut même choisir son menu à la carte. Ce n'est pas comme ici. »

Bonne-Maman songea au poisson pané, tiède et sans goût, qu'on leur avait servi à déjeuner.

« Il paraît même que cette clinique est si agréable, poursuivit Marjory Henslow, que les gens tombent volontairement malades pour y aller. La femme de mon voisin s'est coupé la main exprès, et elle m'a dit que ça valait bien ses cinq doigts ! Oh, bien sûr, poursuivit-elle en souriant, ici vous finirez quand même par guérir. Les hôpitaux publics ne sont pas si mal, quand on n'a pas les moyens d'avoir mieux. »

Cette fois, Bonne-Maman était rouge de fureur. À

tel point que, lors de la visite du soir, le médecin constata que sa température était montée en flèche et frôlait dangereusement les 41°. Il conclut à une aggravation subite de la pneumonie et craignit qu'elle ne passe pas la nuit. C'est pourquoi l'hôpital avertit M. et Mme Warden, qui alertèrent à leur tour le reste de la famille.

Or, curieusement, c'est l'état de santé de Marjory Henslow qui s'aggrava soudain. Elle mourut pendant la nuit de façon tout à fait inattendue. Bonne-Maman, encore trop en colère pour dormir, l'entendit rendre son dernier soupir.

C'est alors que l'idée germa dans son esprit.

Jusqu'à ce que Marjory Henslow lui vante les mérites de son idyllique clinique privée, Bonne-Maman s'était satisfaite des services de l'hôpital. Mais... des repas de chez Harods ? Une chambre particulière avec vue et télévision grand écran ? Pourquoi n'en profiterait-elle pas ? Pourquoi pas elle ? Bonne-Maman contempla la forme inerte dans le lit voisin. Marjory Henslow portait une chemise de nuit semblable à la sienne et avait à peu près le même âge. D'ailleurs, qui ressemble plus à une vieille dame allongée dans un lit, les draps remontés jusqu'au menton, qu'une autre vieille dame allongée dans un lit, les draps remontés jusqu'au menton ? De plus, Marjory Henslow n'avait ni famille ni amis susceptibles de dévoiler le potaux-roses. Quant aux infirmières et aux médecins, ils s'étaient toujours arrangés pour éviter l'odieuse directrice le plus possible et jamais personne ne l'avait dévisagée de près.

Alors pourquoi pas ?

Oui, pourquoi pas ?

Bonne-Maman se décida à effectuer son petit tour de passe-passe. Elle roula son lit à la place de celui de Marjory Henslow et, le lendemain matin, on annonça son décès à M. et Mme Warden. Pendant ce temps, les draps remontés jusqu'aux yeux, Bonne-Maman était transférée en ambulance dans la clinique privée.

Au cours des jours suivants, alors que sa famille enterrait Marjory Henslow en pleine tempête, Bonne-Maman regardait la télévision grand écran dans sa chambre particulière, confortablement calée contre les oreillers en plume d'oie, picorant des grains de raisin, des lychees et autres fruits exotiques posés sur la table de chevet. Peu importait qu'elle ne réagisse pas quand on l'appelait du nom de Marjory Henslow. Après tout, une vieille femme malade a bien le droit d'être un peu perturbée !

Personne ne remarqua la supercherie. Le plan de Bonne-Maman se déroulait à la perfection.

Le lendemain de la prise de conscience des Warden, un silence contraint plana pendant le petit déjeuner. M. et Mme Warden n'avaient pas fermé l'œil de la nuit et ça se voyait. M. Warden mangea ses céréales sans lait, mais en versa un demi-litre sur ses toasts à la confiture. Mme Warden s'était brossé les dents avec la mousse à raser de son mari, et elle écumait littéralement. Quant à Joe, il se força à descendre pour le petit déjeuner. Comme il en avait assez d'être malade et voulait retourner à l'école, il devait recommencer à s'alimenter.

« Jordan... », dit M. Warden.

Irma, qui passait à ce moment-là, en laissa tomber son plateau de surprise. C'était la première fois que M. Warden adressait la parole à son fils pendant le petit déjeuner.

« Nous devons parler de certaines choses, Jordan. Je propose qu'on se réunisse ce soir.

— Non, Gordon. Ce matin, l'interrompit Mme Warden.

— Je rentrerai de bonne heure du bureau. Nous nous retrouverons dans l'après-midi, transigea M. Warden. Rendez-vous à quatre heures et demie dans le salon. Irma nous préparera un gâteau. Nous prendrons le thé ensemble. Comme une famille.

— Comme une famille ! s'exclama Irma. Vous ne vous sentez pas bien, monsieur Warden ?

— En effet. Je me sens même très malade. Mais nous ferons comme j'ai dit. »

Après le petit déjeuner, M. Warden partit travailler, Mme Warden partit se promener dans les magasins, et Joe resta à la maison. Il était en ébullition. Le changement soudain de ses parents le sidérait. C'était incroyable. Était-il possible qu'ils aient décidé de le croire, finalement ? Joe s'habilla et sortit. Il se sentait plus vivant qu'il ne l'avait été depuis des semaines.

Pourtant, ni lui ni M. et Mme Warden ne passèrent une journée agréable.

« *Je reviendrai...* »

M. Warden avait beau s'efforcer de se concentrer sur son travail, l'écho des paroles de Bonne-Maman ne cessait de résonner dans sa tête. Où allait-elle surgir ? Sous son bureau ? Dans sa bibliothèque ? Devant la fenêtre du vingt-septième étage ? M. Warden prit un cigare et le roula entre deux doigts près de sa joue pour humer l'arôme du tabac.

« Tu deviens ridicule, mon pauvre Gordon », murmura-t-il.

Quelqu'un lui effleura doucement l'épaule. Il fit un bond d'un mètre au-dessus de sa chaise en poussant un cri. Le cigare glissa et se planta dans son oreille gauche. Sa secrétaire le dévisagea d'un air consterné.

« Fermez les portes à clef, gémit M. Warden. Fermez tout ! Je veux être seul... »

« *Je reviendrai...* »

Mme Warden faisait du lèche-vitrines dans la

172

galerie commerçante de Bent Cross. Elle n'avait besoin de rien, mais elle avait souvent constaté que le simple fait d'acheter quelque chose lui remontait le moral. C'est ainsi qu'un jour où elle était particulièrement déprimée, elle avait fait l'acquisition de trois abat-jour, un transat, un parapluie, et deux paires de gants dont elle n'avait pas envie. Elle se trouvait dans un état d'esprit similaire et songeait à acheter un couteau suisse. Ça pourrait toujours servir si elle décidait de s'enrôler dans l'armée helvétique.

Mme Warden montait par l'escalator, devant la fontaine du patio central, lorsqu'elle aperçut quelqu'un debout tout en haut, qui l'attendait. Elle tressaillit. Ces joues jaunâtres, ce rictus, ces yeux luisants... non, ce n'était pas possible ! Mme Warden détailla la silhouette qui se rapprochait peu à peu. Si, c'était possible !

« Non ! hurla Mme Warden. Va-t'en, maman ! »

Elle fit demi-tour et commença à dévaler l'escalator en sens inverse, en bousculant tout le monde sur son passage. Les gens criaient, essayaient de l'arrêter, mais elle ne leur prêtait pas attention. Elle avait juste conscience des plaques de métal sous ses pieds qui l'emportaient. Son pire cauchemar prenait forme. « Non ! » Elle écarta d'un coup d'épaule deux jeunes mariés et envoya valdinguer sacs et paquets dans tous les sens. C'est alors que son pied se coinça malencontreusement entre les dents de l'escalator. Mme Warden fit un plongeon en avant, effectua un saut périlleux et atterrit, bras et jambes écartés, sur le sol en marbre.

« Elle n'est pas blessée ?

— Je crois qu'elle a eu une attaque.

— Elle a perdu la boule, vous voulez dire ! »

Les gardiens du magasin accouraient de toutes les directions. MmeWarden poussa un gémissement et leva les yeux vers le haut de l'escalator.

Ce qui l'avait tant effrayée était bien là, mais ce n'était pas Bonne-Maman. C'était un panneau publicitaire en forme de dinosaure, posé devant un magasin de DVD. Dessus on pouvait lire : « FAN-TASIA, EN VENTE ICI ». Comment avait-elle pu se méprendre ainsi ? Est-ce qu'elle devenait folle ?

Le premier gardien de la sécurité arriva sur les lieux. Les curieux dévisageaient Mme Warden, qui se mit à rire.

« Je reviendrai... »

Joe voyait Bonne-Maman partout. Au cours de la journée, elle avait surgi des endroits les plus incongrus : du frigo, du grille-pain, de la poubelle, et même de la cheminée. Elle avait émergé de l'étang, dégoulinante d'eau, et traversé la pelouse d'un pas chancelant. Les nuages eux-mêmes avaient pris sa forme. Dans les arbres, les oiseaux lui clignaient de l'œil avec ses yeux à elle. Par deux fois Irma s'était métamorphosée en Bonne-Maman. Même Wolf-gang avait fugitivement emprunté son ombre.

Pure imagination, bien sûr. Le pire restait à venir.

L'après-midi, à quatre heures, M. et Mme War-den et Joe s'installèrent dans le salon, devant le thé préparé par Irma. La brave cuisinière hongroise, impressionnée par l'importance de l'événement, avait un peu perdu la tête. Il y avait des piles de sandwiches, des brioches « maison », des petits pains fourrés de saucisses, des biscuits, des gâteaux. Mais personne n'avait faim. Mme Warden était au bord de la crise de nerfs. Elle s'était arraché les che-veux et on en trouvait des touffes partout. M. War-den s'était rongé tous les ongles et il commençait à attaquer ceux de sa femme. Joe tremblait.

« Je vous ai réunis ici, commença M. Warden, parce que j'ai une chose importante à vous dire.

— Oui, tu as raison », l'approuva Mme Warden.

Mais la sonnerie du téléphone les interrompit. Mme Warden poussa un soupir en disant : « Je vais répondre », et se leva pour aller décrocher. Le télé-phone était posé de l'autre côté du salon, sur une table ancienne.

« Allô ? Ici, Maud N. Warden. Je vous écoute... »

Il y eut un silence.

Puis Mme Warden poussa un long hurlement et lâcha le combiné comme s'il s'agissait d'un scorpion. Joe n'avait jamais vu sa mère dans un tel état. Les cheveux qui lui restaient étaient dressés sur sa tête comme dans un dessin animé. Elle avait les yeux exorbités. Ses lèvres avaient perdu toute couleur, même celle du rouge à lèvres.

« C'est elle ! s'écria Mme Warden d'une voix étranglée.

— Voyons, c'est absurde ! murmura M. Warden. Maud... ce n'est pas possible. »

Mais Mme Warden continuait de pointer le téléphone d'un doigt tremblant.

« C'est elle ! gémit-elle encore.

— Qu'a-t-elle dit ?

— Elle a dit... qu'elle allait revenir.

— Impossible, dit M. Warden en allant d'un pas décidé ramasser le téléphone. Qui est à l'appareil ? »

Nouveau silence. Joe attendait sans bouger. Il ne respirait même plus.

M. Warden était bouche bée. Il tenait le récepteur écarté de son oreille comme s'il risquait d'être aspiré.

« Non ! cria-t-il. Partez ! On ne veut pas de vous ! »

Et il raccrocha avec une telle brutalité que le téléphone se brisa en plusieurs morceaux.

« C'était elle ! gémit Mme Warden.

— C'était elle, acquiesça M. Warden. Je reconnaîtrais sa voix entre mille.

— Qu'est-ce qu'elle a dit ? demanda Joe.

— Qu'elle se sentait beaucoup mieux et qu'elle serait là dans une demi-heure.

— Beaucoup mieux ? répéta Joe. Comment peut-on se sentir mieux quand on est mort ? »

Quelque chose lui soufflait que tout ça était absurde. Les fantômes n'annoncent pas leur arrivée au téléphone. Mais devant la terreur de ses parents, il préféra rester en accord avec eux. C'était mieux que d'être seul.

« Une demi-heure... » dit Mme Warden à mi-voix.

Tout à coup elle prit conscience de l'horreur de la situation et répéta en hurlant :

« Une demi-heure !

— Les bagages, vite ! » cria M. Warden.

Vingt-neuf minutes plus tard exactement, la porte de Thattlebee Hall s'ouvrait à toute volée. Les Warden descendirent le perron en trébuchant, chargés de deux valises bouclées à la hâte. Mme Warden avait enfilé son manteau de fourrure préféré. M. Warden serrait fébrilement son portefeuille, les passeports de la famille et ses dix-huit cartes de crédit préférées. Sa voiture, une Mercedes verte, les attendait devant l'entrée.

« Montez ! » brailla M. Warden.

En ouvrant sa portière trop brusquement, il heurta sa femme.

« Aïe ! gémit celle-ci.

— Et moi ? s'écria Joe, ravi, en se jetant sur le siège arrière.

— Vite ! »

M. Warden voulut engager la clef de contact, manqua son but, recommença. Enfin la Mercedes démarra.

Au même moment, un taxi apparut dans l'allée.

« La voilà !

— Non !

— Mon Dieu !

— Maman !

— Au secours ! »

Assise à l'arrière du taxi, Bonne-Maman – le fantôme de Bonne-Maman – regardait par la vitre. C'était bien elle, ressuscitée d'entre les morts ! Ce n'était pas un rêve. Tous les trois l'avaient aperçue en même temps.

M. Warden enclencha le levier de vitesses et écrasa la pédale de l'accélérateur. La voiture fit un bond en avant.

Dans le taxi, Bonne-Maman fronça les sourcils et pinça les lèvres. Guérie et reposée, elle était sortie de la clinique une demi-heure plus tôt et avait tout de suite téléphoné pour annoncer son arrivée, sans comprendre les réactions hystériques de sa fille et de son gendre. Où couraient-ils ainsi ?

La Mercedes dévala l'allée à toute allure à la rencontre du taxi puis, juste avant de le croiser, elle fit une embardée sur la droite, traversa la pelouse, puis la haie pour rejoindre la grande route.

Le taxi s'arrêta et Bonne-Maman descendit.

« Ça fera dix-huit livres, ma p'tite dame », annonça le chauffeur de taxi en se penchant vers elle.

Bonne-Maman poussa un grognement et claqua brutalement la portière derrière elle, cassant du même coup la vitre et le nez du chauffeur. Puis elle avança sur la pelouse, les mains sur les hanches, et contempla le trou béant dans la haie. Ils avaient filé. Ils l'avaient abandonnée. Comment avaient-ils osé ?

Bonne-Maman tomba à genoux, leva les mains au ciel et poussa un long hurlement de fureur.

Quelques minutes plus tard, la tempête éclata.

Épilogue

Anthony Lagon

« Anthony Lagon » était un ranch situé au milieu de la province du Nord de l'Australie. Il se composait d'une longue bâtisse en bois avec des fenêtres en verre et une véranda, pour le propriétaire, et de quatre cabanes pour les employés. Un château d'eau, des pâturages pour le bétail, et une piste d'atterrissage. La ville la plus proche était à deux heures d'avion. Nul ne savait qui était Anthony Lagon. Il est vrai que, dans l'arrière-pays australien, beaucoup de gens préfèrent se faire oublier.

M. Warden avait acheté le domaine dès leur arrivée à Perth, en lisant l'offre de vente dans le journal boursier. Il avait pris sa décision sans hésiter.

« Là-bas, nous serons à l'abri. Pas de route. Pas de téléphone. Pas de courrier. Jamais elle ne nous retrouvera. »

Six jours plus tard, après un long voyage à travers l'Australie jusqu'à Townsville, puis vers l'ouest, ils étaient enfin arrivés à destination.

Quatre *vaqueros* travaillaient au ranch. Tous des criminels en cavale. Rolf avait empoisonné sa femme. Barry et Bruce étaient recherchés pour attaque à main armée. Et Les se cachait depuis si longtemps qu'il avait fini par oublier son crime, mais lui-même avouait qu'il avait été assez abominable. C'étaient des hommes durs et brutaux. Rolf n'avait plus qu'une jambe. Il avait perdu l'autre dans un accident de voiture et ne s'en était aperçu qu'au bout d'un mois. Bruce mâchonnait des balles de revolver, Barry récurait les poêles à frire avec sa barbe, Les était capable de dépecer une vache à mains nues. Ces quatre hommes étaient les individus les plus hideux et les plus violents qu'il était possible de rencontrer. Ils possédaient un seul gilet en chanvre pour quatre et devaient jouer au poker pour décider qui le porterait.

On pourrait penser que Rolf, Barry, Bruce et Les n'allaient faire qu'une bouchée des nouveaux propriétaires du ranch « Anthony Lagon ». Or, curieusement, ils éprouvèrent aussitôt une grande sympathie pour eux. Il faut dire que les Warden s'étaient métamorphosés.

M. Warden avait troqué son costume d'homme d'affaires contre un jean, une chemise bariolée, et un chapeau de cow-boy qu'il portait enfoncé jusque sur le nez. Il lui avait suffi d'une semaine pour prendre l'accent australien. Après avoir passé sa vie entre quatre murs, il se découvrait une vocation pour la vie au grand air. Il avait décidé de connaître par son nom chaque bête de son troupeau, qui en comptait pourtant plus de cent mille.

Grâce à ses innombrables leçons d'équitation, Mme Warden impressionna les *vaqueros* par ses talents de cavalière. Ils furent conquis dès qu'ils la virent galoper autour du paddock les yeux bandés et assise à l'envers. Ensuite elle entreprit de reconstruire l'enclos, de réparer les clôtures, de planter des fleurs dans le jardin, d'accrocher de jolis rideaux en dentelle dans les chambres de Bruce et Barry et, d'une manière générale, de rendre le ranch plus accueillant et confortable.

Mme Warden apprit également à monter à cheval à Joe (qu'elle n'appelait plus Jordan). Suivant son exemple, les *vaqueros* décidèrent de compléter l'éducation du garçon. Bientôt, l'élevage du bétail et l'attaque des banques n'eurent plus de secret pour lui.

Joe adorait la vie au ranch. Il avait si souvent rêvé

de s'enfuir – dans un cirque, à la Légion Étrangère ou ailleurs – qu'il mit longtemps à comprendre qu'il avait réalisé son rêve... même si ses parents avaient créé la surprise en s'enfuyant avec lui. Désormais, chaque jour était une aventure. Il galopait sous le chaud soleil australien, baissait la tête pour éviter les araignées d'arbres, s'enfonçait jusqu'à la taille dans les lagons.

Le travail était dur. La journée commençait à cinq heures du matin. Joe partait seul rassembler les chevaux. Dans son autre vie, jamais il ne voyait l'aube. Maintenant, il s'émerveillait des mille nuances de rouge qui teintaient l'horizon lorsque le soleil entamait sa course dans le ciel. Il aimait le parfum de l'air, le silence des plaines. Très vite il oublia le latin, le grec, l'algèbre, la géographie, et tout ce qu'il avait appris à l'école. Il travaillait jusqu'au coucher du soleil. Il n'y avait pas de télévision et ça ne lui manquait pas. Le soir, il allait se coucher parce qu'il était fatigué et non par obligation. Chaque douleur, chaque entaille, chaque ampoule lui était précieuse parce qu'elle faisait partie de l'aventure.

Joe mincit, grandit, ses épaules hâlées se musclèrent. Une fois par mois, Rolf, Bruce, Barry et Les l'emmenaient à Mount Isa, où ils passaient une partie de la nuit à boire et à jouer aux cartes. Joe adorait ces moments-là. Il était l'égal des autres. Désormais, personne ne le traitait plus comme un enfant.

En Australie, les nouvelles circulent d'une étrange façon, et franchissent des distances immenses sans l'aide d'un timbre ou d'une ligne téléphonique. Un beau jour, les Warden reçurent la visite d'une personne qui avait appris leur adresse de façon inexplicable. Cette visite les combla. En l'apercevant, Joe comprit tout : la mystérieuse silhouette dans la gare de Paddington, son sauvetage *in extremis* à l'hôtel, la carte postale anonyme.

C'était Mme Jinks.

« Je me suis crue perdue quand les chiens policiers se sont jetés sur moi, expliqua-t-elle. D'ailleurs leurs morsures m'ont laissé des marques. Mais j'ai eu une chance inouïe. Au moment où je plongeais dans les buissons, un lapin a surgi. Les chiens ont décidé qu'ils préféraient le râble du lapin au mien et ils ont changé de menu. J'ai réussi à grimper sur un arbre et j'y suis restée jusqu'à ce que tout le monde soit parti.

— Mais vous avez continué à me surveiller, c'est ça ?

— Oui, Joe. Je ne pouvais pas me montrer, car j'étais toujours accusée de vol, mais je ne voulais pas t'abandonner à ton sort. Et quand ta grand-mère est venue s'installer à la maison pour te garder, j'ai compris qu'il se tramait quelque chose. Je vous ai suivis jusqu'à Bideford. J'étais à l'hôtel Stilton, sous un déguisement, quand on t'a ligoté sur cette horrible machine.

— Donc c'était vous, dans le noir ? Quelle chance que les fusibles aient sauté !

— La chance n'a rien à y voir. C'était moi. J'ai fait disjoncter le compteur général et je me suis faufilée sur la scène.

— Ensuite vous m'avez envoyé la carte postale.

— Oui. Je pensais qu'il était temps que tes parents apprennent la vérité. Bien sûr, je ne pouvais pas la leur dire moi-même, alors j'ai espéré qu'un petit coup de pouce arrangerait les choses. »

M. et Mme Warden étaient ravis de revoir Mme Jinks et ne savaient comment se faire pardonner leurs erreurs passées. Ils l'invitèrent à s'installer au ranch et elle accepta, à la grande joie de Joe.

La vie à « Anthony Lagon » s'écoulait paisiblement. Le ranch était devenu un endroit charmant, avec une mare aux canards, un pré, deux chiens de berger anglais, un saule pleureur et une ravissante pelouse pour jouer au croquet. Souvent, après le travail, Mme Jinks et Joe se promenaient en évoquant les événements passés.

« Vous croyez qu'elle nous retrouvera un jour ? demanda Joe un soir.

— Qui, mon chéri ?

— Bonne-Maman. Le fantôme de Bonne-Maman. »

Mme Jinks jeta un coup d'œil vers la véranda où M. Warden poussait Mme Warden sur une balancelle, puis vers la brousse où la lueur rouge du soleil couchant indiquait le bout du monde.

« Non, répondit-elle. Je ne le pense pas.

— Je la détestais. Les vieilles personnes sont horribles.

— C'est faux, Joe. Ce n'est pas un crime d'être vieux. Toi aussi, tu vieilliras, ne l'oublie pas. Personne n'y échappe.

— En tout cas, je ne serai pas comme Bonne-Maman.

— Bien sûr que non. Si tu es gentil et généreux en étant jeune, tu seras gentil et généreux en étant vieux. Et même un peu plus. La vieillesse est comme une loupe. Elle grossit le meilleur et le pire de ton caractère. Bonne-Maman a été égoïste et cruelle tout au long de sa vie. Tu peux lui reprocher ça, mais pas d'être vieille.

— Elle pourrait quand même retrouver notre trace », dit Joe en scrutant l'horizon.

La brise du soir le fit frissonner.

« C'est sans importance, maintenant, répondit

187

Mme Jinks. Même si elle te retrouvait, tu saurais comment réagir. »

En fait, Bonne-Maman mourut deux ans plus tard. Pour de bon, cette fois. Après le départ des Warden, elle s'aperçut que plus personne ne voulait s'occuper d'elle et son état de santé déclina très vite. Sa méchanceté se retournait contre elle. Tout à coup, elle se retrouvait seule.

Depuis l'explosion de l'hôtel, ses cheveux n'avaient pas repoussé et l'appareil dentaire qu'on lui avait fait était mal ajusté. Elle ne pouvait plus rien manger de solide. Elle fut admise dans un asile de vieillards, situé près d'une cimenterie, et passa ses deux dernières années toute seule, en se nourrissant avec une paille. Pour lui remonter le moral, la directrice de l'établissement lui offrit un perroquet. Mais l'oiseau la mordit. La blessure s'infecta, et c'est ce qui causa sa mort.

Bonne-Maman est morte depuis un an, mais son souvenir plane encore. Au cœur de la brousse australienne, les aborigènes se réunissent le soir autour d'un immense feu de camp. Leurs corps noirs et nus, vêtus d'un simple pagne, sont peints. Une drôle de musique gémit dans la nuit, et si la magie opère, une ombre apparaît, enveloppée d'un épais manteau. À la lueur des flammes, les aborigènes voient son visage crispé par la colère, et sa bouche qui s'ouvre et se ferme comme si elle mâchait. Ils l'ont baptisée « vieille-femme-qui-marche-dans-la-nuit ».

C'est Bonne-Maman qui cherche Joe.

Mais elle ne l'a pas encore trouvé.

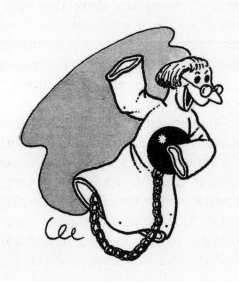

TABLE

Le Livre de Poche s'engage pour l'environnement en réduisant l'empreinte carbone de ses livres. Celle de cet exemplaire est de : 250 g éq. CO_2 Rendez-vous sur www.livredepoche-durable.fr

PAPIER À BASE DE FIBRES CERTIFIÉES

Édité par Librairie Générale Française - LPJ
(58, rue Jean-Bleuzen, 92178 Vanves Cedex)

Composition Jouve
Achevé d'imprimer en Espagne par BLACK PRINT CPI IBERICA
Dépôt légal 1re publication juillet 2014
39.3336.6/03 - ISBN : 978-2-01-397125-6
Loi no 49-956 du 16 juillet 1949 sur les publications destinées à la jeunesse
Dépôt légal : avril 2017